독일청소년문학 단편선

지은이 · 찰스 실즈필드 / 빌헬름 하우프 / 프리드리히 게어스태커

엮은이 · 오용록

도서출판
이유

DEUTSCHEN JUGENDLITERATUR

독일청소년문학 단편선

ⓒ 오용록, 2014

지은이 | 찰스 실즈필드 · 빌헬름 하우프 · 프리드리히 게어스태커
엮은이 | 오용록
펴낸이 | 김래수

1판 1쇄 인쇄 | 2014년 12월 30일
1판 1쇄 발행 | 2014년 12월 31일

기획 및 편집 책임 | 정숙미
디자인 | 이애정
마케팅 | 김남용

펴낸 곳 | 도서출판 이유

주소 | 서울특별시 동작구 상도1동 497번지 서우빌딩 207호
전화 | 02-812-7217 · 팩스 | 02-812-7218
E-mail | verna21@chol.com
출판등록 | 2000. 1. 4 제20-358호

ISBN 979-11-86127-02-5 (43850)

이 도서의 국립중앙도서관 출판예정도서목록(CIP)은 서지정보유통지원시스템 홈페이지(http://seoji.
nl.go.kr)와 국가자료공동목록시스템(http://www.nl.go.kr/kolisnet)에서 이용하실 수 있습니다.
(CIP제어번호 : CIP2014038376)

DEUTSCHEN JUGENDLITERATUR
독일청소년문학 단편선

《독일청소년문학 단편선》을 펴내며……

1826년 독일의 하멜른이라는 마을에 갑자기 쥐떼가 나타나 밤낮으로 곳곳을 누비며 큰 피해를 입힌다. 그러던 어느 날, 피리 부는 사나이가 나타나 돈 천 냥을 주면 마을에서 쥐를 없애주겠다고 나선다. 그가 피리를 불며 거리를 돌아다니자 쥐들이 그를 따라가며 베저강으로 유인당해 빠져 죽고 만다. 그러나 마을 사람들은 그에게 약속한 돈을 주지 않는다.

얼마 뒤 그는 마을에 다시 돌아와 피리를 불며 거리를 돈다. 이번에는 쥐가 아니라 마을 아이들이 그의 뒤를 따랐으며 이렇게 사라진 아이들은 끝내 돌아오지 않는다. 이 이야기 속의 하멜른처럼 지금 아이들이 갑자기 무엇에 홀려 아니면 사고로 우리 곁에서 사라진다는 것은 상상만으로도 끔찍하다.

사실 아이들은 오랫동안 어른들의 관심 밖에 놓인 존재였으며

18세기에 비로소 사회적으로 관심을 받기 시작한다. 그 이전까지 어린이는 어른의 축소형으로 여겨져 함부로 다루어졌는데 이제 어린이는 - 상류층에서만큼은 - 놀이방이나 아이들방처럼 어른들의 세계에서 벗어나 온갖 장난감을 갖고 시간을 보낼 수 있는 생활 공간을 얻게 된다. 아이들에게 맞는 옷차림과 머리 모양의 유행도 나타난다.

괴테(1749~1832)의 어린 시절만 해도 "아직 어린애를 위한 장서가 마련되어 있지 않았으며 어른들은 그저 자신이 배운 것을 후손에게 전하는 것을 편하게 여겼지만" 이제 어린이에게 고유한 욕구가 있으며 그들이 발전된 아동문학의 수용자라는 인식도 생겨난다. 바야흐로 기성세대의 무거운 질곡에서 점차 벗어나 고요하고 다정한 어린이 세계로 돌아가는 획기적인 시대로 진입하는 것이다. 이 시기에는 어린이와 청소년으로 이루어진 독서회도 생긴다.(*우리나라에는 한참 늦은 1920년 《개벽》 3호에 방정환 선생이 번역 동시 〈어린이 노래 : 불 켜는 이〉를 발표하면서 처음으로 '어린이'라는 말이 사용된다.)

당시 어린이와 청소년들은 고전문학 책과 디포의 《로빈슨크루소》 같은, 설교적인 경향이 두드러진 성인문학 책을 읽었다. 그러나 1765년부터는 루소의 《에밀》과 박애주의자들의 이론에 자극 받아 아동문학과 청소년문학 독자층이 형성되기 시작한다.

1789년까지 적어도 29종의 아동잡지가 나오고, 1800년까지 10종류가 더 나온다. 그 목표는 젊은 독자들로 하여금 시민계급의 행동규범에 적응토록 하고 부모와 교육자들의 교육 활동에 도움을 주는 것이었다. 그렇지만 실제로 아동문학과 청소년문학은 소수 집단만이 접할 수 있었고 대다수 아이들은 ABC 책자와 성서 이야기, 아동 교리서, 도붓장수가 파는 가철본 책 몇 권만 접할 수 있었으며, 다른 읽을거리는 갖지 못했다.

이렇게 시작한 '청소년문학'은 《호밀밭의 파수꾼(미국 1951)》, 《파리대왕(영국 1954)》, Susan E. Hinton의 《아웃사이더(미국 1967)》가 크게 주목을 받고 1950년대 중반~1960년대에 "청소년문학 시장"이 형성되고 일반화된다. 그리하여 서점에 청소년문학 진열대가 설치되고, 1970~80년대 전반기에 청소년 독자층이 팽창하면서 청소년문학의 전성기를 맞는다.

본디 청소년문학은 문학적 조건을 갖추어 12~18세의 청소년을 위해 창작 및 출판, 판매가 이루어지는 장편 또는 단편소설을 청소년문학(Jugendliteratur)이라고 하며 폭넓게 아동문학(Kinderliteratur)을 포함시키기도 한다. 청소년이 주인공인 경우가 대부분이다. 줄거리와 주제는 청소년기와 그들의 경험 세계에 맞춰져 있지만 실제로 작가의 상상력과 재능에 따라 경계를 뛰어넘어 다양한 형태를 보이고 있다. 청소년의 반항과 문제를 중점적으로 다루어 "성장기 문학"이라고도 부른다. 쪽수가 많지 않으며 쓰인 단어의 수가 겨우 16,000인 것도 있다.

그러나 20세기에 들어서서 독일 청소년문학은 영역이 확대되고 있다. 모험, 판타지, 어린 시절의 기억과 성장 및 가족 관계라는 주제에 한정되지 않고 청소년기의 성(임신, 낙태, 성 정체성 혼란, 성적 학대), 제3제국 시대의 유대인 추방, 전쟁의 광란과 공포, 자해 및 자살 문제, 정신 장애, 아동 학대, 집단 압력, 약물 남용 그리고 문화적 · 민족적 정체성 문제에까지 영역이 확대되고 있다.

이 책에 찰스 실즈필드(Charles Sealsfield)의 「선장」, 빌헬름 하우프(Wilhelm Hauff)의 「황새가 된 칼리프」, 「난쟁이 무크」, 「유령선」, 프리드리히 게어스태커(Friedrich Gerstäcker)의 「안데스 산맥을 넘어라」, 「금괴」, 「존 웰스」 등의 작품을 엮어 펴낸다.

우리 청소년들이 '무한 경쟁'이라는 늪에 빠지거나 '스마트 폰'이라는 피리에 홀려 간데없이 사라지지 않고 줏대와 배짱을 갖춘 세대로 성장하길 바란다.

2014년 11월 10일
옮긴이 **오 용 록**

차례

찰스 실즈필드
(Charles Sealsfield)

┃ 선장

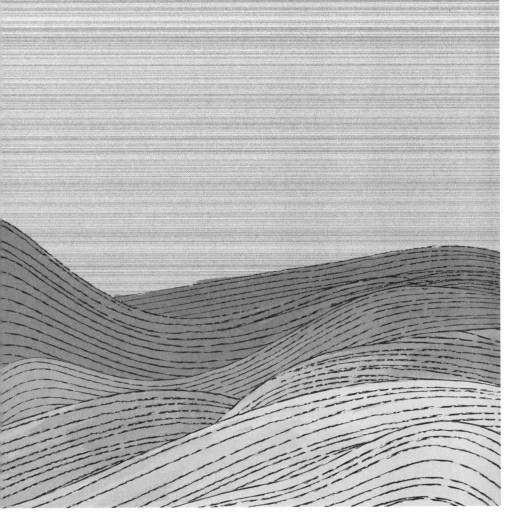

찰스 실즈필드(Charles Sealsfield)

찰스 실즈필드(Charles Sealsfield)는 1793년 오스트리아-헝가리 제국의 한 작은 마을에서 태어났다. 스물한 살 때 수도원에 들어갔다가 1823년에 그곳을 빠져나와 미국으로 달아났다. 미국 남부에서 찰스 실즈필드란 이름으로 글을 쓰며 자유문인으로 살았다. 그러면서 가끔씩 유럽을 오가다 1864년 스위스에서 사망했다. 사망 후에 알려진 그의 유언에서 그가 흔적도 없이 사라진 카를 안톤 포스틀이라는 사실이 비로소 밝혀진다.

수많은 작품 가운데 1841년의 《선실일기》는 그의 대표작으로 꼽히는데 「선장」은 거기에 수록되어 있는 단편 가운데 하나이다.

「선장」은 남아메리카 주민들이 19세기 초에 스페인·포르투갈의 식민지 통치자들에 대항했던 해방전쟁 시기를 배경으로 삼고 있다. '크리올'이라 불리는, 남아메리카에서 태어나 성장한 유럽인·흑인의 혼혈인들은 유럽 스페인 사람과 등등한 권리가 없었으며 주요 관청의 본부도 스페인에 있었다. 그래서 남아메리카에 무엇이 필요하고 옳은 일인지 제대로 판단할 수 없었다.

남아메리카 해방전쟁은 북쪽 베네수엘라에서 시작해서 남쪽의 페루에까지 번졌다. 독립주의자의 최고지도자는 시몬 볼리바르(Simon Bolivar 1783~1830)였다. 그의 투쟁 덕분에 - 베네수엘라, 콜럼비아, 에콰도르, 페루, 볼리비아 - 다섯 나라가 독립할 수 있었다. 1816년 독립주의자들은 몇 차례나 패전을 당하며 큰 타격을 입었다. 그러나 볼리바르가 페루의 수도 리마를 점령하고, 1824년 12월 9일 페루 서남부 아야쿠초 근처에서 스페인군은 수크레 장군에게 치명타를 입는다. 그리고 1825년에 나머지 스페인군이 저항을 포기함으로써 1810년부터 전개된 해방전쟁은 마침내 막을 내린다.

선장

1. 1825년 카야오

1825년 3월, 우리는 리마의 프랑스 카페 앞에 서서 잡담을 나누고 있었다. 우리는 미국인과 영국인들로 거의가 선장이었다. 나는 여기서 들은 이야기 때문에 마음이 편치 않았다.

무슨 까닭인지는 여러분도 짐작할 수 있을 것이다. 하필 이때 카야오(Callao ; 태평양 연안의 항구)의 바다와 육지 모두를 남아메리카 독립주의자들이 봉쇄하고 있었으며, 우리는 바로 이 요새에 스페인 물품을 가져다주어야 했던 것이다.

우리는 1824년 11월 고향, 즉 볼티모어(Baltimore ; 미국 Maryland 주의 도시)에서 출항해 아바나로 가서 그곳에서 화물을 내렸다. 그리고 바로 그 자리에 우리 물건과 그곳 정부에서 맡긴 화물을 받아 싣고 12월 1일 아바나를 떠났다. 그러니까 유명한 아야쿠초(페루 서남부의 도시. 1824년 12월 이 일대에서 볼리바르가 이끄는 혁명군이 스페인군에 결정적인 승리를 거두었다.) 전투가 벌어지기 일주일 전이었다. 남아메리카 대륙을 돌며 항해하는 동안, 카야오에 도착할 무렵까지 내내 그 이야기뿐이었다. 우리는 그 전투와 그 뒤에 벌어진 끔찍한 결과가 어떻다는 것까지 모두 들었다. 그러나 돌아가기에는 이미 늦었다.

우리의 목적지가 카야오였다는 것은 결코 숨길 수가 없었다. 우리의 화물, 특히 카야오 요새에 보낼 2만 달러어치 시가가 바로 그 증거였다. 그러나 내가 아는 선장은 어떤 경우든 봉쇄를 뚫으려는 시도를 하고도 남을 사람이었다. 그는 4년 전에도 비슷한 일을 감행해 성공한 적이 있었다. 자신만의 양키 관념이 틀어박힌 것도 그때였다.

양키들은 카야오가 무너지는 것을 원치 않았다. 사실 그들에게는 그들의 배와 화물보다 이 요새가 더 중요했는지도 모른다. 남아메리카에 현존하는 스페인의 마지막 요새인 카야오가 무너지면 대륙에서 전쟁은 끝난 것과 다름없으며, 우리 사업에서 수익성이 높으면서도 흥미진진한 분야 가운데 하나를 잃는 것이었다. 그러니 독재 정권이 지속되길 바라는 야릇한 마음 또한 충분히 이해되었다. 내가 흥미진진하다고 했는데 - 비록 미국인에겐 항상 이익이 중요하지만 - 그렇게 생각하지 않는 사람들도 많았다. 우리 같은 시민과 선원들에게 이런 무역이 그토록 귀중한 것은 수많은 위험과 모험을 즐길 기회를 주기 때문이다. 마침 우리가 남아메리카인

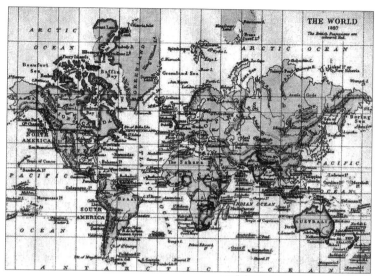

19세기 초의 중앙아메리카와 남아메리카

들과 스페인사람 모두 필요한 물건을 갖고 있었기 때문에 지금까지는 우리가 장사를 독점하고 있었다. 우리는 스페인사람들이 극심한 굶주림에 빠졌을 때 뿐만 아니라 독립주의자들에게 먹을 것이 떨어졌을 때에도 밀과 고기를 공급했다. 봉쇄가 지속되는 동안 스페인사람들에게 우리의 도움이 절실히 필요했기에 그들에게 물건을 가져다주는 것이 마땅한 일이었으며, 그들이 값을 잘 쳐주는 것은 부차적인 문제였다.

나와 레디 선장이 탄 쌍돛대 범선 "퍼서베런스"(perseverance

; 인내, 확고부동)는 카야오 항구의 어귀에서 독립주의자들의 제지를 받고 그 자리에서 나포되었다. 그들이 하는 태도로 보아 도망칠 수 있는 기회는 거의 없었다. 우리는 개인 소유물을 배에 둔 채 멀리 리마로 끌려갔다. 우리가 "퍼서베런스" 호를 떠난 뒤로는 배와 화물에 대해서는 아무 소식도 듣지 못했다. 나는 특히 화물에 관심이 있었는데 그 안에 내가 10년 동안 일해서 모은 내 전 재산이 들어 있었기 때문이었다. 화물의 1/5과 쌍돛대의 1/2은 선장의 소유였다.

젊은 상인이 오랜 세월 동안 고생해서 마련한 밑천을 첫 항해에서 몽땅 잃게 되었으니 기분 좋을 리가 있겠는가. 나는 독립주의자들의 목을 비틀어 버리고 싶을 정도로 미워졌다. 그러나 선장은 그렇지가 않았다. 그는 운명을 가볍게 받아들였으며 아주 느긋한 태도로 지팡이에 목각을 했다. 지팡이가 없으면 책상이나 의자 또는 무엇이든 있는 것에다 목각을 새기곤 했다. 우리가 배 이야기를 해서 화가 치밀면 치밀수록 선장은 더 열심히 목각을 했다.

그는 말수가 적었다. 오랜 항해 기간 중에 그에게서 필요한 명령말고 몇 주 동안 다른 말은 한 마디도 듣지 못하고 지나는 때도 있었다. 다른 사람들도 되도록이면 그에게 말을 걸지 않았다. 첫눈에도 함부로 가까이 다가갈 수 없는 인물이었다. 그러나 그는 첫마디로 모든 두려움이 사라지게 했다. 목소리는 따뜻하고 부드러웠으며 말 한 마디, 한 마디가 음악처럼 들렸다. 사나운 폭풍우가 세 차게 몰아쳐 큰 소리를 쳐야 할 때에도 그의 목소리는 온화함을 유 지했다. 또 말할 때면 굳은 얼굴에 부드러운 기색이 감돌았다. 다른 사람에게 호의를 베풀 때에도 눈은 맑고 밝은 빛을 띠었다. 그는 자기 자신과 세상에 만족했다. 그래서 그를 잘 아는 사람은 모두 그를 형제처럼 사랑했다. 그가 이렇게 과묵한데도 모두들 그와 사귀고 싶어했다. 그가 모임에 발을 들여놓은 것만으로도 격렬한 싸움이 그친 경우도 많았다. 실제로 동료 선장들 가운데 적은 한 사람도 없었으며 그를 위해 자신의 마지막 남은 달러를 내줄 사람은 많았다.

우리가 상인과 선장으로 같은 무역상사에서 일하며 알고 지낸 지도 8년이 되었으니 우리는 사실 친구인 셈이다. 이 기간 동안 그는 한결같이 바르고 성실한 모습을 보였다. 하지만 그의 과거에도 어두운 시대 같은 것이 있었다. 아주 젊었을 때 그는 필라델피아 무역상사에서 선장으로 근무했는데, 그곳에서 그는 아주 짧은 기간에 선원에서 선장으로 승진했다가 갑자기 해고된 적이 있었다. 그 이유는 잘 알려져 있지 않다. 아바나에서 돌아오는 길에 그가 지휘하는 배 뿐만 아니라 거래선의 신용에까지 먹칠을 한 일을 저질렀을 것이라는 소문이다. 그 일로 그는 6, 7년 동안 아바나에 발을 디딜 수가 없었다.

이 모든 것이 불확실했지만 필라델피아의 명문 집안은 그에게 문을 닫고 귀를 기울이지 않았다. 더구나 그는 본디 말수가 없는 데다 아무런 해명도 하지 않으니 그것으로 끝이었다. 그는 오랫동안 새 일자리를 찾았지만 허탕만 쳤다. 그때 남아메리카 독립주의자와 스페인 사이에 새로 전쟁이 시작되어 호황을 맞은 무역업에서 일할 기회가 높아졌다. 무역업에 관심 있는 회사들은 선장이 많이 필요했으며 이러쿵저러쿵하며 사람을 가려 뽑을 수 있는 처지가 아니었다. 회사로선 내키지 않았지만 우리 선장은 우여곡절 끝에 쌍돛대 범선 "퍼서베런스"호를 지휘하게 되었다. 그때부터 우리에겐 축하할 일만 일어났다. 우리의 남아메리카 무역은 다른 볼티모어 상회보다 번영했던 것이다. 레디의 이전 사장들이 그것을 보고 아주 좋은 조건으로 그를 다시 고용하려고 했지만 그는 어떤 제안도 받아들이지 않았다. 또한 그의 침묵으로 책임을 뒤집어 쓴 과거의 사건에 대해서도 입을 꾹 다물었다. 옛날 직장 이야기가 나오면 그의 입가로 쓴웃음이 나타나고 얼굴까지 찡그리는 바람에 아무리 호기심이 많은 사람이라도 묻고 싶은 마음이 사라졌다.

털어놓고 말하자면 나는 그의 과거의 어두운 시기, 그의 과묵함과 그늘진 성격 때문에 항해 중에 자주 심한 불안감을 느꼈다.

그러나 그는 훌륭한 뱃사람이었다. 침착하고 줏대가 있고 단호했으며, 말보다 눈짓으로 부하들을 이끌었다. 이렇게 한결같은 침착성은 아무에게나 볼 수 없는 것이었다. 그를 8년이나 알고 지냈지만 한 번도 그가 격정에 휩싸이는 것을 보지 못했으며, 그는 언제나 침착성 그 자체였다. 지금도 고생해서 모은 전 재산이 사라질 위험에 처했는데 그는 조금도 동요하는 기색이 없었다. 그는 계속 조용히 주머니칼로 나무를 다듬고 있었다. 카페 주인은 자신의 가구가 우리의 주머니칼에 손상되지 않도록 충분한 양의 막대기와 나무 조각을 마련해 두었다.

독립주의자들은 우리 주변의 광장이나 길거리에 서거나 누워서 익살을 부렸는데 그것도 위안거리라면 위안거리였다. 군인이라곤 하지만 그들은 오합지졸이었다. 한 놈은 스페인산 윗옷을 입고 있었는데 아야쿠초 전투에서 한 스페인군에게 빼앗은 것이었으며, 다른 놈은 미국인 선원에게서 구입한 미제 옷을 입고 있었다. 또 다른 녀석은 상의를 걸치지 않고 그 대신 군인 모자를 쓰고 있었으며 넷째 놈은 신발과 양말도 신지 않고 돌아다니고 있었다. 장교들은 아까 말한 결전을 치른 이후부터 아주 멋지게 모양을 냈다. 제복은 금빛으로 번쩍였으며, 붙잡힌 스페인 군인에게서 빼앗은 견장도 둘만 다는 대신 예닐곱 개나 달고 다녔다.

어느 오후에도 우리는 이렇게 여기에 앉거나 서서 나무 막대기를 다듬고 담배를 피우며 독립주의자들에게 우리의 불만과 짜증을 드러내고 있었는데, 인상이 좋은 장교 한 사람이 카페 옆문을 열고 나왔다. 나이는 서른쯤 들어 보였으며, 매우 수수하면서도 세련된 차림으로 친절해 보였다. 우리가 인사를 하자 그는 우리에게 짧지만 점잖게 답하고 우리 옆을 지나려고 했다.

우리 선장은 한쪽에서 열 개인지 열두 개째인지 지팡이를 만들다가 장교가 옆을 지나가는 순간 문득 고개를 들었다. 장교가 갑자기 멈춰서더니 몇 초 동안 그를 날카롭게 노려보았다. 그러다 팔을 벌리고서 몹시 반가워하는 얼굴로 그에게 뛰어와 그를 와락 끌어안았다.

"레디 선장?"

선장이 조용히 대답했다.

"내 이름이 그렇소만."

"레디 선장!"

또다시 장교가 불렀다.

선장이 갑자기 불안해하며 장교를 쏘아보았지만 여전히 그를 알아보지 못했다.

"레디 선장! 정말로 날 모르겠소?"

장교가 큰 소리로 외쳤다.

"그렇소!"

선장이 그를 여전히 미심쩍게 바라보며 대답했다.

"날 모른다고? 날 모른단 말이오?"

장교가 외치더니 그의 귀에 대고 뭐라고 조용히 속삭였다.

그러자 선장이 잠시 그를 뚫어져라 쳐다보았다. 이내 그의 얼굴이 기쁨과 반가움으로 환해졌다. 그는 덥석 독립주의자의 손을 잡았다. 장교가 그를 카페로 데리고 가고, 이내 두 사람은 그 안으로 사라졌다.

우리는 둘러서서 온갖 멋진 일들을 상상했다. 15분쯤 지나 두 사람이 다시 나왔다. 장교는 화려한 제복 차림의 수행원과 함께 정부청사로 가고 선장은 우리에게 되돌아와 잠자코 다시 지팡이와 주머니칼을 잡았다. 우리가 그 장교는 누구냐고 묻자 카야오의 포위군 소속으로 전에 선장의 승객이었다는 대답뿐이었다.

다음날 아침 초콜릿을 먹고 있는데 전령 한 명이 레디를 찾아왔다. 선장은 조용히 일어나 몇 걸음 옆으로 옮겨가 전령의 말을 듣고는 다시 조용히 앉아 느긋하게 초콜릿을 음미하며 먹어치웠다. 잘 알다시피 남아메리카에서는 초콜릿을 두껍게 구웠기 때문이다. 얼마 뒤에 그가 내게 지나가듯 함께 말을 타고 나들이를 할 마음이 있느냐고 물었다. 한 며칠 걸릴 거라고 하면서.

나는 두말할 것 없이 좋다고 했다. 이곳에서 지내기가 점점 지루해졌기 때문이다. 그리하여 우리는 자루주머니에 옷 한 벌을 넣고 권총을 챙겨 카페를 나왔다. 나는 깜짝 놀랐다. 카페 앞에 말을 탄 전령이 멋진 스페인 말 두 마리와 함께 기다리고 있었기 때문이다.

내 호기심이 다시 힘차게 꿈틀댔다. 나는 여태까지 페루에서 이처럼 멋진 말들을 본 적이 없었다. 말을 타고 많은 질문을 해 보았지만 어제 만난 장교에게 가며 그는 포위군 소속이고 전에 선장 배의 승객이었다는 것 말고는 말없는 내 친구에게서 더 이상 알아낼 것이 없었다. 장교의 이름과 직업이 무엇이었는지는 모른다고 했다. 나는 사람 좋은 선장의 얼굴을 보고 많은 추측을 할 수 있다는 사실에 만족해야 했다.

리마를 향해 1마일쯤 달리는데 그쪽에서 요란한 포성이 들렸다. 1마일쯤 더 가서는 부상자를 리마로 싣고 가는 마차들을 만났다. 대포 소리가 더욱 커졌다. 병사들이 들과 벌판을 질러 달려오는가 싶더니 우리를 보고는 돌아갔다. 내 안에서 얼른 전쟁의 무대를 보고 싶은 마음이 커졌다.

 선장은 선천적으로 침착성을 타고났으며 지금 같은 난리법석에도 털끝만한 동요가 없었다. 그는 14년의 선원생활 동안 봉쇄된 남아메리카 항구들을 드나들 때 대포알이 귓가에서 핑 하고 날아가는 소리를 수없이 들었고 해적과의 수많은 전투에서도 살아남았다. 두려움은 그와 전혀 상관이 없었다. 그의 유일한 두려움은 성질이 불같은 말에게 내동댕이쳐지는 것이었다. 모든 뱃사람들처럼 그의 말타기 솜씨는 정말 형편없었던 것이다.

 한 언덕에 이르러 바라보니 왼쪽에는 위협적인 성채의 갈색 보루가, 오른쪽에는 벨라 비스타(Bella Vista)가 보였으며 멀리 태평양에는 실제로 거친 바람이 불고 있었다. 벨라 비스타는 원래 시골 마을에 불과하지만 페루의 부자들이 시원한 바닷바람을 즐기며 여름을 보내려고 지은 고급주택들이 많았다. 성채의 대포가 위협적이었지만 건물과 저택이 매우 튼실하게 지어진 터라 군사령부조차 그곳에 자리를 잡았다.

 전령이 우리에게 포위 과정을 설명하고 있었다. 그런데! 특히 선장의 말이 드디어 인내심을 잃고 빠른 속도로 내달렸다. 선장은 배는 잘 다루었지만 말은 잘 다룰 줄을 몰랐다. 나와 전령의 말도 쫓아 달려갔는데 우리는 어디로 가는지도 몰랐다.

 다시 포성이 울리고 땅 위에는 먼지와 연기가 자욱한 곳에 이르렀다. 허겁지겁 흥분해 날뛰는 말들을 좇아 요새 근처에 이르는 순간 강한 폭발음과 함께 바로 그 근처의 집들이 무너졌다. 한 포병 중대가 막 요새를 향해 사격을 개시했던 것이다. 그러자 상대방이 곧바로 응답했으며 이제 다른 포병대들도 쏘아대기 시작했다. 탄환과 포탄이 천둥소리 같았으며 마치 세상이 박살나는 것 같았다. 말들이 우리와 함께 맥없이 쓰러지며 우리를 밀가루 포대처럼 내동댕이쳤다. 전령은 의식을 잃었으며 나는 반죽음 상태였다. 선장만큼은 사태를 제대로 파악한 것 같았다. 그는 침착하게 말 밑에서 빠져나와 나와 전령을 일으켜 세우고 아주 조용히 장교를 만나기로 한 곳이 어디냐고 물었다.

어떻게 사람이 그런 상황에서 그토록 침착할 수 있는지 정말 믿어지지 않았다. 우리 앞의 담벼락에는 적어도 30개가 넘는 탄환이 쏟아지고 사방으로 돌들이 떨어졌는데, 말들이 우리를 담 뒤쪽으로 내동댕이치는 바람에 우리는 운 좋게 무사했던 것이다. 그러나 선장은 이 모든 일이 아무렇지도 않은 듯한 태도였다. 다만 포병대와 쓰러진 건물더미에서 연기와 먼지가 구름처럼 솟아오르고, 모든 것이 짙은 어둠 속에 잠기는 것을 보고는 불안해했다. 그는 몇몇 병사들에게 몇 번이나 물어보았지만 모두들 듣는 둥 마는 둥 이리저리 내달릴 뿐이었다.

이윽고 가장 큰 먼지구름이 사라졌다. 어느 정도 정신을 차린 전령이 한 포병대를 가리키자 내 친구가 나를 그곳으로 데려갔다. 스무 걸음도 되지 않은 곳에 대포 한 대가 있었다. 그곳은 활기가 넘쳤다. 포병대에는 대포 30대가 있었으며 아주 뜻밖에도 독립주의자들이 겁없이 잽싸게 이용하고 있었다.

아야쿠초 대승 이후 채 석 달도 안 되어 포위군은 병사들이 열광에 취해 춤을 추며 일사분란하게 죽음의 대열에 나아가도록 이끌었으며, 이렇게 사기충천한 병사들은 눈앞에서 포탄을 맞은 사람들마저도 부러워하는 듯했다. 우리가 처음으로 대포를 본 곳에는 이미 대원의 절반이 죽은 상태였으며, 우리가 그곳에 이르자마자 포탄이 날아와 내 옆에 서 있던 사람의 머리통을 날려 버렸다. 갑자기 돌풍이 불어 나를 넘어뜨릴 뻔했다. 동시에 시커먼 덩어리가 내 얼굴과 머리를 덮치는 바람에 나는 거의 눈이 먼 상태가 되었다. 내 몸에서 그것을 걷어내고 보니 목이 없는 사내가 내 발치에 늘어져 있었다. 죽은 사람을 본 것이 처음은 아니었지만 그 피가 내 얼굴에 튄 것은 이번이 처음이었다. 심한 메스꺼움이 일며 나는 의식을 잃고 쓰러졌다.

참으로 묘하게도 다른 시체가 위에서 떨어지며 나는 제정신으로 돌아왔다. 심장이 심하게 뛰었지만 의식은 멀쩡했다. 탄환에 맞아 죽은 자를 세 번째 보았을 때 나는 두려움이 없었으며 안에서는 용기가 자라고 있었다. 마지막에 나는 운명이 특정한 수의 희생자를 뽑았으며 쓰러진 사람이 생길 때마다 나는 점점 더 안전해질지 모른다고 생각했다. 30분이 지나서는 내 머리 위로 핑 소리를 내며 총알이 지나가도 더 이상 개의치 않고 선장 옆에서 아주 조용히 일했다.

선장은 나를 포대의 한 구석으로 밀쳐놓고 머리를 숙이고 있으라고 이르고서는 진짜 양키처럼 정찰하기 시작했다. 그는 마치 고향에라도 와 있는 듯 아주 조용히 일했다. 병사가 몇 명 더 죽은 뒤 비로소 그는 결연히 나아갔으며, 가까이 있는 자에게서 무기를 빼앗아 들고 다른 자에게 대포를 뒤로 당기는 일을 도와주라고 눈짓했다. 사람들은 순순히 시키는 대로 했다. 대포를 뒤로 당겨, 장전하고, 다시 앞으로 밀고, 조준하고, 발사가 이루어졌다. 그가 일하는 방식에는 과단성이 있었으며 그렇기 때문에 그것에 대해 아무도 감히 이의를 달려고 하지 않았다. 그는 입을 열지 않았지만 모두들 그에게 복종했다.

여기서 나는 한 개인의 용기와 신뢰감이 다른 사람들에게 어떤 작용을 하는지 직접 체험할 기회를 갖게 되었다. 그의 태도를 보면 포대가 마치 수년 전부터 그의 지휘 아래 있었던 것같이 느껴졌으며 그의 권위를 조금이라도 의심하는 사람은 아무도 없는 것 같았다. 곧 그는 다른 포대들까지 지휘하게 되었다.

내 친구가 지휘관 역할을 수행함으로써 내게도 서서히 용기가

생겨나 나는 마침내 대포를 장전할 때 그를 돕는 일에 나서게 되었다. 나는 탄약상자에서 탄환을 꺼내왔는데 처음에는 매우 조심했지만 나중에는 점점 의연해졌다.

우리들이 한 시간쯤 미친 듯이 일했을 때 포격이 점점 약해지는 것 같았다. 대포는 거의가 사용할 수 없는 상태였으며 사격이 가능한 것은 여섯 대, 즉 우리 선장의 지휘 아래 있는 것들뿐이었다. 포격을 하고 나면 반드시 대포를 식히게 한 그의 느긋함 덕분이었다. 이와는 달리 다른 사람들은 그럴 여유를 두지 않았다.

우리 선장이 막 장전을 마치고 조준 명령을 내렸을 때, 어제 만난 장교가 몇몇 부관과 참모장교들과 함께 우리 쪽을 향해 왔다.

그는 종종 포병대를 방문했는데, 대포들을 둘러보며 한 군데서는 격려를, 다른 데서는 제안을 하고 또 다른 데서는 함께 일을 거들기도 했다. 우리 대포가 있는 데서는 그는 걸음을 멈추고 만족한 듯 늘 손을 비벼댔다. 지금도 그랬다. 그는 선장의 움직임 하나하나를 놀란 눈으로 주의 깊게 살펴보았다. 그는 아마 독립군 장군 중 한 사람인 모양이었다.

선장이 발포했다. 연기가 걷히자 맞은편 보루가 흔들거리며 요새 참호로 굴러 떨어지는 것이 보였다. 이에 "만세!" 하고 환호하는 소리가 잇따르고 스무 명의 장교들이 우르르 몰려나갔는데 우리 장교들이 앞장이었다.

정말 볼만한 장면이었다.

그들은 우르르 달려들어 선장의 목을 부둥켜안고 떼로 달려들어 포옹하였으며 한 사람이 그를 세차게 옆 장교의 팔에 던지면 밀치며 받은 사람이 다시 선장을 세 번째, 네 번째 사람에게 돌렸다. 모든 것이 순식간에 벌어진 일이었다. 선장은 공처럼 날아다녔으며 나 또한 그들의 손에 잡혀 있었다. 그들은 바보처럼 미쳐 날뛰었다. 포대 좌우에서는 여전히 총알이 날아왔으며, 불쌍한 전령 한 명은 관통상을 입고 꼼짝도 하지 못했지만 그들의 열광은 점점 더 격렬해졌다. 머리 위로는 핑 소리를 내며 총알이 날고 밑바닥은 피투성이였다. 시체와 부상자 그리고 온갖 파괴에 에워싸인 가운데 우리는 검은 수염쟁이의 팔에서 다른 사람의 팔로 날아갔다. 보고 듣는 감각이 없어지고 우리가 남아메리카, 독립군 진영에 있다는 느낌만 생생했다. 내가 정신을 차렸을 때는 모두가 사라지고 없었다.

나는 선장에게 말을 걸었다.

"선장, 무슨 일이 있었지요? 난 모르겠어요!"

선장이 말했다.

"우리가 요새를 쏘아 무너뜨렸소!"

"그래요. 그런데 저들이 뭘 어떻게 하려는 거죠? 사람들이 미친 것 같아요. 다들 어디로 갔죠?"

"아마 초소로 갔겠지요."

선장은 침착성을 잃지 않는 사람이었다. 그는 땀을 흘리며 얼굴을 닦아냈다. 우리 쪽의 사격은 멎었으며 적군 쪽도 약해져서 그저 가끔씩 총소리가 들릴 뿐이었다. 우리는 사격이 멎을 때까지 몇 분을 기다렸다. 그러고서 포대를 지나갔다. 끔찍했다. 신경이 굳세지 않으면 그런 광경을 보고 마음의 평정을 유지하기란 어려웠다. 우리는 박살난 탄약상자들을 밟고 갔다. 그 안에는 탄환 대신 손과 발, 관통상을 입은 몸과 머리가 들어 있었다. 무거운 탄약이 끔찍한 일을 한 것이다. 대포의 반 이상도 더는 사용할 수 없었다. 이제 보니 우리가 요새를 포격했지만 아주 큰 피해를 준 것은 아니었다. 물론 보루가 산산조각이 나고 큰 구멍이 생겼기 때문에 만약 용맹스런 연대 병력이 뛰어난 포대의 지원을 받으면 그곳을 통해 성채 안으로 진입할 수는 있을 것이다. 그러나 그런 생각은 아예 하지 않았던 것 같다. 아마도 장교들 대부분은 성취한 것에 아주 만족해 하며 이미 전쟁터를 떠난 모양이었다. 아직 남아 있던 자들에게 시체와 부상자를 옮기게 하였지만 대포에는 전혀 신경을 쓰지 않았다. "조금 이상하지 않은가! 그토록 어려운 싸움들을 치르고 많은 인명을 희생하고 아무 생각 없이, 즉 영리하다고 할 수 없고 군사적이라고도 할 수 없는 무분별한 짓을 자행한 결과가 이렇다니! 우리의 새 친구들은 전쟁을 치르는 동안 아주 대단한 용기를 보여주었는데 그런 사람들이 이런 태도를 보이다니!" 하고 선장은 놀라 고개를 흔들었다.

우리가 포대를 바라보고 있는데 전령이 달려와 우리에게 즉시 사령부로 오라는 말을 전했다. 우리는 사령부로 갔다. 도중에 우리는 독립주의자들을 가까이서 살펴볼 수 있었다. 저택과 정원들이 그들의 막사였다. 장담하는데 나는 전에 이렇게 멋지고 전사다운 군대를 본 적이 없었다. 이들은 어떤 화가가 봐도 더 바랄 것이 없을 만큼 제복이 수려하고 화려했다.
드디어 멋진 저택에 도착했다. 경비병이 앞에서 지키고 있어 포위군의 사령부라는 것을 알 수 있었다. 우리는 전령과 부관 그리고 참모장교들로 붐비는 인파를 헤치고 갔다. 한 영관급 장교가 우리를 맞아 한 방으로 안내해 우리는 그곳에 짐을 내려놓았다. 간절히 바라던 바였다. 우리는 연기에 그을리고 피가 묻은 데다 옷이 해져 온화하고 느긋한 미합중국 시민처럼 보이지 않았기 때문이다.

바쁘게 서둘렀지만 다시 그 영관급 장교가 우리를 장군에게 데려가려고 왔을 때 우리는 준비를 완전히 마치지 못한 상태였다.

커다란 방에 들어섰다. 그곳에는 식사 준비가 되어 있었으며 약 60명의 장교들이 있었는데 그 중에는 우리가 포대에서 함께 싸웠던 자들도 있었다. 아직 집주인인 장군이 우리에게 인사도 하기 전이었다. 사람들이 "여러분, 환영합니다!" 하고 우리에게 몰려와 우

리를 포옹하고는 우리를 다른 동료에게 돌렸다. 마치 집주인이나 장군이 없는 것 같았으며, 우리나라 군대에서는 전혀 불가능할 일이었다. 그러나 여기서는 이것이 결코 이상한 일이 아니고 아주 정상인 것 같았다.

항구의 요새를 포위한 군대를 지휘하는 장군의 지위에 걸맞은 상차림이었다. 프랑스와 스페인에서 나온 최상급 포도주가 콸콸 쏟아지고 진귀하고 맛좋은 음식이 나왔다. 우리는 맥주잔으로 샴페인을 마셨다.

계속해서 건배가 이어졌다. 아야쿠초 전투의 승리, 콜롬비아와 페루의 동반 관계 그리고 지도자와 독립주의자들의 이상을 위한 건배였다.

우리는 비로소 어제 만난 장교가 포위군 사령관이란 것을 알았다. 그가 일어나서 잔을 든 채, 격렬한 몸짓 없이 말했다.

"이 자리에 계신 여러분! 그리고 친구 여러분! 여러분의 전우가 여러분 가운데 있고 그가 자신의 피로써 조국에 봉사할 수 있게 된 것은 우리의 옛 친구이자 새 전우의 덕분입니다. 그분께 여러분의 우정과 형제애를 보여주길 바랍니다!"

그는 선장을 꽉 잡고 그의 목을 와락 끌어안았다. 무뚝뚝한 뱃사람의 눈에서 눈물이 비쳤다. 그는 입술이 떨려 "사랑하는 친구여!", 이 두 마디밖에 못했다.

모든 장교들이 두 사람을 껴안았다.

다음날도 우리는 막사에서 머물고 그 다음날 페루로 돌아갔다. 그곳에서 선장은 친구인 장군의 집을 숙소로 정했다.

나는 남편을 따라 리마로 온 장군의 부인에게서 막강한 독립군 사령관과 말수가 적은 선장의 희귀한 우정에 대해 들었다.

그의 선원생활의 "어두운 한 장(章)"을 말이다.

이 부부와 똑같은 열정을 담아, 내가 들은 것처럼 따뜻하면서도 시처럼 아름다운 언어로 이야기를 재현해 낼 수 있었으면 좋겠다.

2. 1816년 아바나

1816년 11월 19일이었다. 이 비참한 해에 남아메리카에선 카치라 패전을 비롯해 비슷하게 여러 번 패전이 거듭되며 이 지역은 극심한 곤경에 빠졌다. 이때 허름하게 차려입은 한 젊은이가 아바나의 집을 빠져나와 항구로 달려가고 있었다.

해가 대서양에서 올라오지 않아 아직은 어두컴컴했다. 집에서 항구까지는 여러 거리를 건너야 했고 젊은이도 타향 사람인 듯했지만 그는 사냥꾼에 쫓기는 동물의 직감으로 좁은 길을 헤쳐 나갔

다. 그가 드디어 항구 근처에 이르렀을 때 웬 사내가 커피 및 목재 하치장 뒤에서 불쑥 나타나 한순간 그를 노려보고는 조금 전까지 숨어 있던 곳으로 그를 데려갔다.

여기서 두 사람은 마음을 졸이며 조용히 이야기했다. 겁먹은 눈은 도시와 항구, 그리고 수천의 집과 배를 뒤덮은 짙은 안개 속에 바라보고 있었다.

항구에서 무슨 소리가 들릴 때마다 두 사람은 몸을 움찔거렸으며 날이 밝아오면서 공포에 휩싸여 숨도 제대로 쉬지 못하는 것 같았다.

그들이 15분쯤을 이렇게 서 있을 때 규칙적으로 노 젓는 소리가 들리며 안개 속에서 작은 배 한 척이 나타나 물가에 닿았다. 돌계단 옆에 멈추기 전에 두 사람 중 한 사람이 키를 잡고 있는 사람을 가리키며 옆 사람의 손을 꼬옥 쥐고는 다시 커피 자루 뒤로 사라졌다.

배에는 선원 두 명과 그들의 상관, 모두 세 사람이 타고 있었다. 배가 계단 옆에 정박하자 1등 항해사가 선원들에게 몇 마디 이르고는 계단을 올라갔다. 그는 안개 속으로 사라지는 배를 다시 한 번 돌아보고는 시내 쪽으로 걸어갔다.

몇 걸음 만에 그는 목재 하치장에 이르렀다. 그 뒤에 숨어 있던 사내가 재빨리 나타나 그에게 다가갔다. 선원이 자신의 무기부터 찾은 것은 당연한 행동이었다. 여기는 아바나였고, 아직 날이 밝지 않았던 것이다. 그는 다시 한 번 상대방을 살펴보고는 무기를 도로 천천히 소매 속에 넣었다. 젊은이는 살인자같이 보이지 않았다. 옷은 초라했으며 기운 데 투성이였고 얼굴은 절망감을 드러내고 있었다. 비록 젊고 고운 얼굴이었지만 고통으로 일그러져 있었다. 그는 떨리는 목소리로 선원에게 필라델피아로 가는 배의 선장이냐고 물었다.

선원이 잠시 젊은이를 찬찬히 살펴보고는 자신이 닻을 올려 출발할 배의 선장이라고 말했다.

젊은이의 눈이 반짝였다. 두려움과 희망 사이에서 떨며, 탈 사람은 자기만이 아니며 성인 여자 한 명과 어린아이 두 명을 모두 태워줄 수 있느냐고 물었다.

선장이 그를 다시, 이번에는 더 날카로운 시선으로 바라보았다. 젊은이에게는 선장이 일반적으로 매우 꺼리는 점들이 있었다. 뭔가 망가지고 분열된 느낌에다 옷차림까지 허름했다. 그러나 입술은 떨고 있었지만 눈에는 힘을 짐작하게 하는 기개, 야성이 살아 있었다.

선장이 고개를 저었다.

젊은이는 놀라 말을 할 수가 없었다. 이윽고 그가 윗옷에서 두툼한 주머니 하나를 꺼냈다. 그는 돈을 미리 지불하겠다고 했다.

선장은 어리둥절했다. 이렇게 많은 돈과 허름한 옷차림이 어울리지 않았던 것이다. 그는 고개를 더 세게 흔들었다.

이제 젊은이가 그를 맥없이 노려보는 바람에 선장은 몹시 당황했다.

그가 스페인어로 물었다.

"이보게 젊은이, 필라델피아에는 무슨 일로 가려는가? 상인 같지도 않은데?"

"필라델피아로 가겠소."

젊은이가 말했다.

"뱃삯을 내겠소. 자, 돈을 받으시오. 내 여권도 여기 있소. 당신이 선장이라면서요. 필요한 게 또 있습니까?"

젊은이는 소나기처럼 말을 쏟아냈으며 얼굴에는 공포와 고통과 낙담이 드러났다. 선장은 그럴수록 계속 고개를 저었다. 그는 오래도록 그를 노려보다가 자리를 뜨려고 했다.

젊은이가 한숨을 쉬며 떨리는 손으로 그를 붙잡았다.

"제발 나와 불쌍한 내 아내. 그리고 불쌍한 내 아이들을 태워주세요, 선장!"

"여자와 아이들이라……, 아내와 아이들이 있소?"

뜻밖에도 선장이 부드러운 목소리로 물었다.

"예, 아내와 아이들이라고요."

젊은이가 하소연했다.

"법을 위반한 일이 없는데 법을 피해 달아난다는 거요?"

선장이 재차 신랄하게 물었다.

"에이 참, 난 나쁜 짓은 전혀 하지 않았다고요!"

젊은이가 손을 쳐들며 대답했다.

선장이 곰곰이 생각하다가 잠시 뒤 말했다.

"그렇다면 당신을 승객으로 배에 태워주겠소. 돈은 승선할 때까지 갖고 계시오. 늦어도 한 시간 안에 출발하겠소."

젊은이는 아무 말도 하지 않았지만 심한 불안을 뒤로하고 다시 희망을 찾은 사람처럼 숨을 깊이 들이쉬며 새삼스레 선장을 바로 본 다음, 이어서 하늘을 쳐다보았다. 그러고는 뛰어서 돌아갔다.

사나운 북서풍이 그를 붙들지 않았다면 "더 스피디 톰 호"의 선장 레디는 짐을 부리고 벌써 아바나를 떠났을 것이다. 그러나 그날 아침에 바람이 가라앉아 그는 잊어버린 것을 가지러 다시 여관에 다녀오려고 했다. 배는 출항 준비를 마쳤다. 볼티모어에서 건조한 멋진 배였다. 작은 선실은 네다섯 명은 족히 지낼 수 있었다. 마침 다른 승객이 없어 젊은 선장은 썩 내키지 않았지만 이 낯선 사람들을 받을 수 있었다. 아무튼 그들은 위조된 것일지 모르지만 여권을 지니고 있었다. 위조 여권 여부는 해양 경찰이 따질 일이지, 그의 일이 아니었다. 승객 한 사람, 한 사람의 이력을 물으려면 몇 사람도 배에 태울 수 없을 것이다. 이런 이유에서 그 낯선 사내의 수수께끼 같은 면과 그의 불안이 꺼림칙하긴 했지만 그를 태웠던 것이다. 그는 젊고 대가 셌으며 선장으로서의 의무에 충실했지만, 아울러 사람이었다.

그는 골머리 아픈 일은 내던지고 여관에서 아침을 먹고 배로 돌아왔다. 갑판에 오르자 그 낯선 젊은이가 맞았다. 그는 선장을 선실로 데려갔는데 그곳에서 한 젊은 숙녀가 그를 맞았다. 눈초리, 말 그리고 동작에 배인 고귀한 기품이 한데 어우러진 미인으로 찢어진 옷을 입은 사내와 묘한 대조를 보였다. 그녀와 두 아이는 검소하지만 올이 가는 천으로 만든 옷을 입고 있었다. 그러나 여기서도 모순이 드러났다. 짐 가방에는 그녀가 방금 벗어 놓은 듯한, 초라한 외투 한 벌과 아이들 것인 듯 비슷하게 생긴 조그만 외투 두 벌이 놓여 있었다. 선장은 고개를 흔들었지만 숙녀의 우아함과 부드러운 목소리에 그는 진정되는 듯했다.

그는 그녀에게 선실에서 집처럼 편안히 지내라고 말하고서는 갑판으로 올라갔다. 몇 분 뒤에 선원들이 닻을 올리자 배가 움직이기 시작했다.

바다에서 해가 솟아오르고 안개 속에 묻혀 있던 아바나의 건물들이 어렴풋이 떠올랐다. 앞쪽에는 수많은 배와 그 뒤로 검은 성벽이 보였는데 그곳의 무서운 대포에 배가 점점 다가서고 있었다. 젊은 부부는 선실 계단에서 쥐죽은 듯한 긴장 속에 두려움에 찬 눈으

로 보루를 노려보며 서로 몸을 붙인 채 서 있었다.

북서풍에 이어 여느 때처럼 남서쪽에서 가벼운 돌풍이 불다가 잠시 바람이 잠잠해졌다. 그러면 출항이 쉬웠다. 배는 보루를 마주보고 있었다.

부부는 겁에 질려 숨을 죽인 채 꼼짝 않고 서서 보루를 바라보고 있었다. 경비들이 오가는 모습이 보였다. 모든 것이 죽은 듯했다. 이때 갑자기 보루의 작은 문이 열리고 무기를 번쩍이며 장교 한 명과 그 뒤로 군인 여섯 명이 달려 나왔다. 해안의 계단 아래쪽에 정박한 배에 누워 있던 네 사람이 벌떡 일어나고 군인들이 배에 올랐다. 동시에 배는 정지 신호를 냈다. 보트가 날개를 단 듯 배를 향해 달려왔다.

"예수, 마리아, 요셉!" 하고 여자가 탄식했으며 남자는 "성모님!" 하고 빌었다.

선장이 눈짓을 하자 큰 돛이 내려왔다. 그는 동요하지 않고 침착하게 달려오는 보트를 바라보았다. 1분 뒤에 장교와 군인들이 배에 올라왔다.

장교는 젊지만 전형적인 스페인사람처럼 진지하고 엄한 표정이었다. 그는 선장에게 짧게 선박 서류를 제시하고 승무원과 승객들을 집합시키라고 명령했다.

선장은 부관에게 승객을 부르라고 지시하고 서류를 가지러 갔다. 그는 돌아와서 한 마디도 하지 않고 장교에게 서류를 건넸다.

장교는 서류를 살펴보고 선원들을 한 명 한 명 세심하게 확인했다. 그러고선 벼르기라도 한 듯 승객들이 나오는 쪽을 바라보았다. 승객들이 나타났다. 젊은이와 그의 아내는 각각 팔에 한 아이씩 안고 있었다.

느닷없이 장교가 선장에게 국사범이 배에 탔는데 알고 있었느냐고 목청껏 소리쳤다. 여자가 다시 "예수, 마리아, 요셉!"을 부르더니 의식을 잃고 쓰러졌다.

깊은 정적이 찾아오고 아이들의 울음소리만 들렸다. 한 팔에 한 아이를 안고 있던 젊은이가 다른 손으로 쓰러지는 아내를 붙잡으려고 애쓰는 것을 보고 장교가 달려왔다. 그는 남자가 아내를 갑판에 눕힐 수 있도록 아이들을 그에게서 거칠게 떼어냈다.

"안타깝습니다만, 이제 제 자리로 돌아오세요."

말이 감정적이고 정중하면서도 말투에서는 단호함이 묻어났다. 그러나 젊은이에게는 이 말이 들리지 않았으며, 장교에게는 눈길도 주지 않고 그는 아내의 옆에 무릎을 꿇고 그녀의 얼굴을 쓰다듬었다.

한편 선장은 씹는담배 한 조각을 꺼내 조금씩 잘라서 입에 넣었다. 그는 기계적으로 여권을 펼쳐 장교에게 건넸다. 젊은 승객이 그렇게 하지 말라고 했다가 결국 그것을 보고 냉정한 미국인에게

화가 난 듯했다.

스물다섯 살도 안 되는 젊은 선장이 어찌 그토록 무정할 수 있단 말인가! 물론 그는 무역상사에 고용되어 있었으며 망명자에게 협조해서는 안 되었다. 더구나 배는 요새에서 먼 곳에 있지 않아 장교가 눈짓 한번만 하면 항구로 다시 돌아가야 했다. 어쩌면 엄격한 조사를 받고 무거운 처벌을 받을 수도 있었다. 그러나 이렇게 가슴 아픈 장면을 보고도 이렇게나 냉정하다니, 사람이 너무 매정한 것 아닌가?

결코 아니다! 우리가 잘못 알고 있는 것이다. 선장의 얼굴 위로 뭔가가 가볍게 움직였으며 그의 부관만이 그것을 눈치챘다. 그가 선장에게 다가가자 선장이 그의 귀에 대고 조용히 뭐라고 일러주었다. 그러고서 그는 다시 장교에게 가더니 선실에서 간단히 식사를 하자고 초대했다. 선장들은 일반적인 예의로 조사를 담당한 해양경찰 장교들을 이렇게 대접하곤 했다. 스페인사람이 좋다고 하며 선실로 향했다.

선실에 들어서자 선장은 갑자기 전혀 다른 사람이 된 것 같았다. 승무원 보스턴이 크래커와 올리브 즙을 테이블에 내놓는 동안 그는 마데이라 와인으로 손님을 정성스레 대접했다. 그러면서 은근히 이 사건에 자신은 무죄임을 설명하려고 했다. 장교는 마데이라 와인이란 것을 확인하고는 선장에게 여권은 가짜고 다른 사람 것이지만 마데이라 와인은 진짜이니 마음을 놓으라고 하면서 선장을 위로했다. 그러나 국사범은 중요 인물이며 그를 잡게 되어 기쁘다고 말했다.

스페인사람들은 마데이라 와인을 좋아했으며 특히 그것에 기름기가 많은 올리브를 곁들이면 더욱 좋아했다. 장교는 선실이 아주 아늑한 모양이었다. 그런데도 그는 당장 국사범의 짐을 보트에 옮기라고 명령했다.

선장이 명령을 수행하려고 뛰어나갔다. 선실 계단을 올라가는데 국사범이 풀이 죽은 얼굴로 그의 앞에 나타났다. 얼굴은 푸른빛을 띠었으며, 한 아이는 그의 오른발을 꼭 잡고 있었고 다른 어린 동생은 그의 팔에 안겨 있었으며 그의 아내는 그의 목에 매달려 있었다.

선장이 풀이 죽은 자의 손을 잡고 위로하려 했다.

"내게 당신이 누군지 하루만 일찍 말했으면 내가 도와줄 수 있었을 텐데. 여느 미국인처럼 나도 폭정을 싫어해요. 그러나 여기서는 어떤 도움도 불가능해요. 장교의 명령만이 통할 뿐이에요. 요새의 대포라면 우리를 몇 분 안에 쳐부술 수 있어요. 안타깝지만 아까 말했듯이 도움은……."

젊은이가 그의 말을 중단했다. 그는 선장의 손을 잡고 죽어가는 사람처럼 무슨 말을 하려고 했지만 말이 나오지 않았다. 그러나 간신히 울음을 터뜨렸다. 그는 절망에 잠겨 말했다.

"선장님, 들으시오. 나는 콜럼비아 사람이오. 카치라(Cachira) 전투에 해방군 장교로 참가했는데 패해 포로가 되어 다른 전우들과 함께 아바나로 끌려갔소. 내 아내와 아이들은 나를 따라가도 좋다는 허락을 받았지요. 이렇게 콜럼비아 최고의 명문가가 그들의 손아귀에 들어간 거지요. 나는 넉 달 동안을 끔찍한 감옥에서 보냈소. 쥐와 온갖 독을 지닌 동물들이 내 유일한 상대였소. 나는 무쇠 같은 건강 덕분에 이렇게 살아 있는 거요. 포로가 된 700명 전우 가운데 대다수가 스페인의 비인간성에 희생되었지요. 14일 전에 그들은 완전히 해골 상태인 나를 감옥에서 내보냈소. 시내에서 지내면서 어느 정도 기운을 차리면 다시 영원히 감금하겠다는 것이지요. 나를 다시 감옥으로 보내라는 명령이 이미 떨어졌지요. 내가 그곳에서 일주일도 버틸 수 없으리라는 것은 불 보듯 뻔해요. 커다란 위험을 무릅쓰고 우리를 도우려고 한 친구가 있어요. 그가 우리에게 여권과 돈을 마련해 주며 당신 이름을 알려주더군요. 여권은 얼마 전 죽은 한 스페인사람 것입니다. 여권과 당신네들의 힘으로 탈출하기를 바랐지요. 당신들은 나와 내 불쌍한 아내와 아이들의 유일한 희망이라고요! 당신이 우리를 버리면 우리는 죽고 말 것입니다. 그러나 분명히 말씀드리지요. 내가 감옥에 돌아가게 되면 그 전에 자살하겠다고 굳게 결심했습니다. 나는 결코 잔악한 스페인사람의 손아귀에 빠지지 않겠어요. 아, 불쌍한 내 마누라! 불쌍한 내 아이들! 불쌍한 내 나라!"

선장은 가만히 서서 씹는담배를 썰었다. 그러다 이마를 쓸어 올리고는 얼른 갑판으로 갔다. 그리고 선원들에게 가족의 짐 가방을 – 보트가 아니라 – 갑판으로 옮기라고 명령했다. 그러고서 하늘과 날씨를 확인하고는 낮은 목소리로 부관과 이야기를 나누었다. 그리고 역시 낮은 목소리로 승무원에게 군인들과 수부들에게 럼주 병을 돌리라고 이르고는 선실 계단을 도로 내려갔다. 계단을 걸으면서, 독립주의자 쪽은 보지 않고 그는 혼잣말을 했다.

"큰 곤경에 처했을 때 그를 믿으시오. 그러면 반드시 그가 도와줄 겁니다."

스페인장교가 선실에서 불쑥 나오다가 국사범을 보고는 큰 소리로 당장 보트에 타라고 말했다. 그러자 선장이 그의 앞을 막으며 불쌍한 승객에게 이별주를 한 잔 마시게 하도록 해달라고 청했다. 그는 호방하고 숭굴숭굴한 스페인사람이라면 그것을 허락하리라고 확신했다.

젊은 장교는 무정한 사람이 아니었다. 그는 그렇게 하라고 허락하고 손수 계단으로 콜럼비아사람의 손을 잡고 선실로 내려왔다.

두 사람은 선실의 작은 테이블에 앉았다. 선장이 새 마데이라를 가져왔다. 어찌나 좋은 것이었는지 스페인장교는 첫 잔에 벌써 눈

이 번쩍였다. 콜럼비아인은 극도로 긴장했지만 분위기는 점점 활기를 띠었다. 이렇게 15분 또는 30분이 흘러갔다.

갑자기 배가 무엇엔가 부딪치고 유리잔이 넘어졌다.

스페인장교가 화를 내며 벌떡 일어섰다.

"선장, 배가 항해하고 있지 않소!"

"물론입니다."

선장이 태연히 대답했다.

"이렇게 멋진 산들바람이 부는데 우리더러 가만히 쉬고 있으란 말인가요?"

장교는 아무 말도 않고 선실 문으로 달려가 계단을 올라가서 요새를 한번 바라보았다. 요새는 족히 2마일은 떨어져 있었다.

스페인장교는 더욱 화를 냈다.

"제군, 국사범과 선장을 체포하라! 서로 짜고 나를 배신했다. 이봐, 키잡이, 배를 돌려라!"

과연 배신이 진행되고 있었다. 조용히 술을 마시던 군인이나 수부들이 알아채지 못하도록 선원들이 살그머니 돛을 올렸으며 장교가 와서야 그것을 알아챘던 것이다.

그러나 선장은 눈 하나 깜짝하지 않았다.

"배신이라니! 천만다행히도 우리는 미국인이오. 그러므로 배반하거나 신의를 깨뜨리는 일은 없소. 이 국사범에 관해 말하건대, 그는 여기에 있을 것이오."

그는 진지한 태도로 대꾸했다.

"여기 머문다고! 이 배신자, 어떻게 되는지 네게 보여주겠다."

스페인장교가 외쳤다.

"잠깐! 헛수고 하지 마시오, 장교님! 보시다시피 당신 부하들의 무기는 우리가 보관하고 있고 내 부하 여섯 명은 칼과 총까지 가지고 있소. 그러니 당신들을 무서워할 이유가 없지? 움직이기 시작하면 사살할 것이오."

선장이 조용히 말했다.

주위를 둘러보고서 장교는 말문이 막혔다. 부하들의 무기는 모두 한 구석에 모여 있었으며 무장한 선원 두 명이 지키고 있었다.

"너희들이 감히……?"

그가 소리쳤다. 그는 너무 화가 나서 말을 제대로 할 수 없었다.

"나는 어떤 일이 있어도 그렇게 할 거요. 그러니 억지 부리지 마시기 바랍니다. 또한 그러실 필요도 전혀 없고요. 몇 시간 동안만 내 손님으로 지내다가 당신네 보트를 타고 돌아가십시오."

한결같이 조용하고 진지하면서도 매섭고 단호한 말에 장교는 몸이 떨렸다.

"선장! 장난으로 이러시는 거죠?"

스페인장교가 말했다.

"우리는 익살꾼이 아닙니다. 미국인이에요!"

선장이 나직이 대답했다.

장교가 다시 소리를 질렀다.

"당신네들 지금 사형 받을 범죄를 저지르고 있다는 것을 알기나 하는 거야?"

"내가 스페인사람이라면 그렇겠지요. 미국인이니 그렇지 않소."

선장이 침착하게 대답했다.

"우리는 바다에 나와 있소. 미국 바다에. 이 바다에서는 우리가 주인이며, 다른 나라에서 우리에게 뭘 금지하거나 명령하면 우리 자존심이 허락하지 않는다는 것은 잘 아실 겁니다. 이성에 따르고 인간적으로 행동하십시오!"

그리고 이어서 부드럽게 말했다.

"이 독립주의자는 범죄자가 아닙니다. 그 반대이지요. 수천 명의 다른 독립주의자들도 한 일을 한 것뿐이지요. 그는 조국을 위해, 자유를 위해 싸웠어요. 그런데 당신네는 이 불쌍한 포로를 인간적으로 대하기는커녕 아주 비인간적으로 다루었어요! 이 사람을 보세요. 그리고 내가 이 사람을 당신들에게 다시 넘겨주고 돌보다 더 무정한 사람이 되어야겠는지 말해 보세요. 그는 돌아가지 않을 겁니다!"

장교는 피가 나도록 입술을 깨물었지만 아직 희망을 포기한 것은 아니었다. 저항할 생각도 해보았지만 부하들의 무기는 미국인들이 관리하고 있었다. 군인들은 무슨 일이 벌어졌는지도 모를 만큼 럼주에 취해 있었다. 수부들은 흑인이었으며 전투 능력이 없었다. 멀리 군함 몇 척이 보였다. 그 중 한 배에 신호를 보낼 수만 있다면 이 배를 확실히 세울 수 있었을 것이다. 방금 무장한 외돛배 한 척이 항구로 들어간 것이 생각나 그는 그쪽을 바라보았다.

선장은 그가 무슨 생각을 하고 있는지 꿰뚫어 본 것 같았다.

"우리와 함께 가볍게 아침을 드시면 저로선 정말 기쁘겠습니다. 점심 또한 바다에서 드시겠지만 저녁은 집에 돌아가서 드실 수 있을 겁니다."

이렇게 말하면서 그는 손을 내밀었으며 스페인사람은 싫든 좋든 그의 손을 잡을 수밖에 없었다. 콜럼비아인과 그의 아내가 외마디 소리를 지르고는 이내 서로 껴안았다. 그들은 가슴이 벅차 감사는 커녕 말도 할 수 없었다. 그들은 다시는 헤어지지 않겠다는 듯 서로 목을 껴안은 채 울고 있었다.

항구도시의 건물들과 이리저리 뒤엉킨 배와 돛, 그리고 요새가 서서히 먼 곳으로 사라졌다. 그들과 항구 사이에 그어진 밝은 빛의 줄무늬가 점점 넓어졌다. 처음에는 외줄로 연푸른 은색이었는데 길이와 폭이 급격히 커졌다. 도시와 항구가 점점 사라지고 멀리 수평선의 배들의 돛대에 삼각기가 바닷새처럼 매달려 있었다. 배는 점점 세차게 부는 남서풍을 타고 날아갔다.

콜럼비아인과 그의 아내는 이 광경을 숨죽여 지켜보고 있었다. 그들은 어찌나 좋은지 배고픔이나 목마름도 느끼지 못했다. 스페인사람의 목소리가 선실 계단에 들리자 그들은 다시 제정신이 들었다.

그는 아침을 아주 맛있게 먹었는지 웃고 얘기를 많이 했다. 계단에서도 그는 선장에게 "이 일로 몇 개월 감옥살이를 해야 할지도 모르지만 북아메리카 양키와 알게 되어 기쁘다, 전쟁이란 이기기도 하고 지기도 하는데 또 비슷한 상황에 처한다면 이번처럼 사람을 기꺼이 돕는 양키를 만나게 되길 바란다."고 힘주어 말했다.

선장이 스스럼없이 터놓고 말했다. 만약 누가 지금의 선장을 본다면 그를 알아보지 못했을 것이다. 쌀쌀맞다 싶을 만큼 무뚝뚝한 얼굴이 환하고 들뜬 표정으로 바뀌었기 때문이다. 세상에 공덕을 하나 쌓았다고 생각하며 그는 잠시 우쭐한 기분을 맛보는 것 같았다. 젊은 부부의 눈에는 스페인장교의 팔짱을 끼고 갑판으로 올라오는 선장의 모습이 더없이 아름다웠으며, 신처럼 보였다.

배는 아바나에서 20마일쯤 떨어진 곳에 있었으며 요새는 거의 보이지 않았다. 작별할 시간이었다. 추적자들에게 따라잡힐 걱정은 이제 하지 않아도 되었으며, 더 이상 붙잡으면 스페인장교와 그의 부하들이 위험해질 수 있었다. 선장은 서둘러 그들을 보트로 내려 보냈다.

장교는 배를 떠나기 전에 선장과 다시 한 번 포옹했다. 1분 뒤 보트는 항구를 향해 떠났다.

배는 귀향길을 서둘러 열하루 만에 목적지에 닿았다. 콜럼비아 부부와 아이들은 선장의 집으로 갔는데 그의 아내가 – 그는 7년 전에 결혼했다 – 그들을 옛 친구처럼 맞아들였다.

에스토발 – 이것이 콜럼비아인의 여권에 있는 이름이다 – 부부가 본명을 사용하며 살면 자기네뿐만 아니라 선장까지 위험해질 수 있었다. 도망자들로선 조용히 남의 이름으로 지내는 것이 더 좋겠다고 생각했다. 그래서 그들은 은인의 초대를 기꺼이 받아들였

다. 가진 돈도 아주 조금뿐이었으며 귀향을 대비해서 돈을 아껴야만 했다.

　석 달이 지났을 때였다. 선장의 친구 한 사람이 이들 가족을 마르가리타로 데려다 주었다. 그곳에서 독립주의자들은 서로 연합하여 스페인군에게 작전을 펼쳤는데, 대성공이었다.

　귀향길에 올라서야 젊은 부부는 그들의 은인에게 이름조차 제대로 물어보지 않았다는 것을 생각해냈다. 그들은 늘 성을 빼고 이름만 불렀으며, 그래서 서로 성명도 모르고 헤어졌던 것이다.

　한편 이 선행으로 선장에겐 불행이 잇따랐다. 구출된 사람이 영국인, 프랑스인 또는 스페인사람이었다면 필라델피아 회사는 이런 영웅적인 행위에 열광했을 것이다. 그러나 법에 쫓기는, 처벌 받아 마땅한 반군을 구해줌으로써 배와 화물, 특히 무역상사의 명성을 위험에 빠뜨린 것은 용서할 수 없는 일이었다. 회사에서 공공연히 어떤 조치를 취하지 않았다고 그 일을 잊은 것은 아니었다. 선장이 해고될 때 받은 형편없는 추천서 때문에 그의 앞길에 어두운 그림자가 드리워져 그는 내내 큰 피해를 입었다.

그 사이 여러 해가 지났다. 콜럼비아는 독립을 쟁취했으며 볼리바르는 유명한 고난의 행군으로 스페인 병력을 분산시키는 데 성공했다. 우알레로 장군은 제2군을 이끌고 페루로 갔다. 그러나 그가 파나마로 가서 케이프 혼(남미 최남단의 곳)을 돌아 리마로 배를 모는 사이에 수크레(안토니오 호세 데 수크레 : 1795~1830)가 스페인군을 아야쿠초에서 공격해 승리하였으며 많은 스페인병사가 포로로 잡혔다. 이로써 페루를 시작으로 전 스페인령남아메리카의 독립이 이루어졌다. 이제 카야오(페루 서쪽 리마 부근의 항구 도시)의 요새에 포위된 스페인군 이외에 다른 적은 없었다. 이 요새는 4년 전에 독립주의자들이 봉쇄해 함락했다가 다시 스페인 사람들 손에 빼앗긴 곳이었다. 이윽고 리마에서 군대를 이끌고 우알레로 장군이 이곳에 도착했다. 그에게 요새를 포위하라는 명령이 떨어졌다.

선장이 요새에 보내는 식품과 스페인사람에게 없어선 안 될 담배를 싣고 도착했을 때는 마침 뭍 쪽의 포위가 끝난 때였다. 이렇게 도망자와 구제자의 운명적 만남이 다시 이루어졌다. 콜럼비아 인은 남아메리카를 쥐락펴락하는 장군이고 양키 선장은 그 군에 체포된 몸이었다. 두 사람 모두 고매한 인품을 보였다. 독립투사는 장군이 되어서도 은인을 잊지 않고 있었으며 선장 역시 불행 중에도 유명한 사령관 앞에서 당당함을 잃지 않았던 것이다.

이제 이야기가 아주 행복하게 끝난다는 말은 필요가 없을 것이다. 리마에서 지낸 지 채 사흘도 되지 않아 우리는 배와 스페인 소유물을 뺀 화물을 돌려받았다. 장군은 정부에서 억류한 스페인 화물을 취득해 담배 상자들을 통째로 선장에게 넘겨주었으며, 아울러 그 고급 담배를 비싼 값에 팔도록 돌봐주었다.

선장의 순이익만 해도 3만 달러였으며, 그는 그것을 금화로 바꿔 고향으로 가져갔다. 화물을 비운 쌍돛대 배는 그곳 해군 함대에서 사들였다. 우리는 3주 뒤에 리마를 떠났는데 들어올 때와 기분이 전혀 달랐다. 우리 선장은 떠들썩하게 웃고 즐거워하진 않았다. 젊은 장군의 부인도 그를 웃게 할 수는 없었다. 그러나 이제 사람들은 이 엄숙한 표정을 존경하고 좋아했다. 단단한 껍질 속에 넉넉하고 고귀한 속을 감추고 있었기 때문이다.

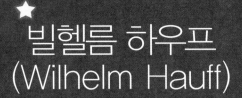

빌헬름 하우프
(Wilhelm Hauff)

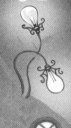

빌헬름 하우프(Wilhelm Hauff)

빌헬름 하우프(Wilhelm Hauff)는 1802년 11월 29일 슈투트가르트에서 태어났다.
튀빙겐대학에서 신학과 철학을 공부하였으며 가정교사로 생계를 꾸리다가 코타의
조간신문 편집장으로 일했다.

다재다능한 그는 작가로서 낭만주의와 사실주의적 요소가 잘 조화된 『유대인 쥐
스』 『리히텐슈타인』 같은 소설을 썼다. 특히 그의 『하우프 동화집』 덕분에 그는 세
계적으로 알려졌으며, 25세 생일을 앞두고 고향에서 짧은 생을 마쳤지만 그가 지은
노래와 작품에는 여전히 그의 자유로운 영혼이 숨쉬고 있다.

황새가 된 칼리프

1

▌어느 화창한 오후 바그다드의 칼리프 하시드가 안락의자에 앉아 느긋이 쉬고 있었다. 날씨가 더워 잠시 낮잠도 잤다. 한잠 자고 나니 한결 가뿐해 보였다. 칼리프는 장미나무로 만든 긴 파이프로 담배를 피우고 가끔씩 커피를 조금씩 마시며 흡족한 표정으로 연신 수염을 쓰다듬었다. 커피 맛이 좋을 때면 그렇게 했다. 아무튼 그는 기분이 매우 좋아 보였다. 이 시간이면 그의 기분이 아주 좋기 때문에 그와 얘기를 나누기가 좋았다. 그래서 재상 만소르도 늘 이 시간에 칼리프를 찾아왔다. 이날 오후에도 만소르가 왔는데 평소와 달리 얼굴빛이 자못 심각했다. 칼리프가 잠시 파이프를 입에서 떼고 물었다.

"왜 그렇게 심각한 표정인가, 재상?"

재상이 두 손을 가슴 한가운데로 모아 칼리프에게 절을 하고는 대답했다.

"전하, 저 아래 성 밖에서 한 상인이 멋진 물건을 팔려고 하는데 제가 돈이 없어서 뭘 살 수가 있어야지요. 그래서 제 표정이 그렇게 굳어졌나 봅니다."

칼리프는 오래전부터 재상을 기쁘게 해주고 싶었다. 그는 흑인 노예를 보내 그 상인을 데려오게 했으며 곧 그가 상인을 데리고 돌아왔다. 상인은 키가 작고 뚱뚱한 데다 얼굴이 가무잡잡했으며 해진 옷을 입고 있었다. 그는 진주와 반지, 귀한 금화, 약통과 머리빗이 든 상자를 들고 있었다. 칼리프와 재상은 물건을 하나하나 살펴보았다. 마침내 칼리프가 자신과 만소르를 위해 멋진 금화를 하나씩 샀으며 재상의 부인에게 주려고 머리빗도 하나 샀다. 상인이 상자 뚜껑을 닫으려 할 때 칼리프가 작은 서랍을 발견하고 그 안에 무엇이 있는지 물었다. 상인이 서랍을 열어 그 안에 있는 검은 가루 통과 이상한 글자가 적힌 종이 한 장을 보여주었다. 칼리프도 만소르도 읽을 수 없는 글자였다.

상인이 말했다.

"옛날에 한 상인에게서 이 두 물건을 구입했는데, 그는 메카의 길에서 주웠다고 하더군요. 그 안에 무엇이 들어 있는지는 저도 모릅니다. 제게 소용없는 물건이니 아주 싼 값에 드리겠습니다."

칼리프는 고문서를 읽지는 못해도 도서관에 고문서를 보관하기를 좋아했기 때문에 그 글자가 적힌 종이와 통을 사고 상인을 돌려보냈다. 칼리프는 그 글의 뜻을 알고 싶어 재상에게 그것을 읽을 줄 아는 사람을 아는지 물었다.

그러자 재상이 말했다.

"전하, 대사원 근처에 셀림이라는 학자가 살고 있는데, 그는 모르는 언어가 없습니다. 그 사람을 부르십시오, 그가 이 글의 뜻을 알지도 모릅니다."

곧 학자 셀림이 불려왔다.

칼리프가 그에게 말했다.

"셀림, 학식이 높다고 들었소. 이 글자를 읽을 수 있는지 한번 보시오. 만약 읽어낸다면 새로 지은 예복을 한 벌 내리겠소. 그러나 못한다면 헛되이 학자 행세를 했으니 발바닥 스물다섯 대를 맞게 될 거요.”

셀림이 허리를 굽히며 “전하의 뜻대로 하십시오!” 하고는 한참 동안 글자를 살펴보다가 갑자기 큰 소리로 외쳤다.

“전하, 목숨을 걸고 말씀드리는데 이것은 라틴어입니다.”

“라틴어라고 했는데 뭐라고 적혀 있는가?”

칼리프가 물었다.

셀림이 그 뜻을 풀이하기 시작했다.

“이것을 발견한 사람은 알라에게 감사하라! 이 통에 든 가루를 들이마시고 ‘무타보르’(‘변신할 지어다’ 라는 뜻) 라고 말하면 무슨 동물로든 변신할 수 있으며 동물들의 말도 이해하게 된다. 다시 인간의 모습으로 돌아오고 싶으면 동쪽을 향해 세 번 절을 하고 아까와 같은 말을 해라. 하지만 동물로 변신했을 때 웃지 않도록 주의해라. 그렇지 않으면 마법의 말을 잊게 되어 내내 동물로 살 것이다.”

셀림이 이렇게 글의 뜻을 알려주자 칼리프는 말할 수 없이 기뻤다. 그는 학자에게 이 일을 아무에게도 말하지 않겠다는 맹세를 하게 하고는 멋진 옷 한 벌을 주어 돌려보냈다.

그러고서 재상에게 이렇게 말했다.

“만소르, 정말 잘 샀네! 내가 동물로 될 수 있다니 어찌나 즐거운 지. 내일 아침 일찍 내게로 오게. 함께 들판에 나가서 이 통에 든

가루를 들이마시고 그런 다음 하늘과 물, 숲과 들에서 오가는 이야
기를 들어보세."

2

　다음날 아침 칼리프가 아침을 먹고 옷차림을 마친 순간 재상이
명령대로 함께 산책하기 위해 나타났다. 칼리프는 마법의 가루통
을 챙기고 재상과 둘이서 길을 나섰다. 먼저 궁전의 넓은 뜰을 지
나갔는데 동물이 전혀 보이지 않았다. 마침내 재상이 호수에서 많
은 동물들을 자주 보았다고 하며 그곳으로 가자고 했다. 특히 황새
들은 근엄한 자태 때문에 늘 관심이 있었다고 하면서.
　칼리프는 재상의 제안을 받아들여 그와 함께 호수로 갔다. 그곳
에 도착하니 황새 한 마리가 진지한 태도로 이리저리 거닐며 개구
리를 찾고 있었다. 또 멀리 하늘에서 다른 황새가 이곳으로 날아오
는 모습이 보였다.
　"전하, 틀리면 제 수염을 자르겠습니다. 저 긴 다리 동물 두 마
리가 서로 재미있는 얘기를 나눌 겁니다. 자, 황새가 되어보면 어
떻겠습니까?"

재상이 말했다.

"그래! 하지만 그 전에 사람으로 돌아오는 법을 잘 새겨두자고! 동쪽을 향해 세 번 절을 하면서 '무타보르' 라고 말하면 나는 칼리프로, 그대는 재상으로 돌아오는 거네. 하지만 절대 웃어서는 안 돼. 그러면 우리는 끝장이야!"

칼리프가 이렇게 말하는 사이에 두 사람 위를 날던 황새가 천천히 아래로 내려왔다. 그가 얼른 통을 꺼내어 가루를 조금 들이마시고 재상에게 주었다. 재상도 가루를 들이마시고 두 사람이 함께 "무타보르!" 하고 외쳤다.

그러자 두 사람의 다리가 홀쭉해지며 빨갛게 변했다. 칼리프와 재상이 신은 노란 신발은 보기 흉한 황새 발로, 두 팔은 날개로 변했다. 목이 점점 길게 늘어나고 수염이 사라지더니 온몸이 하얀 깃털로 덮였다.

칼리프가 놀라움을 참지 못하고 말했다.

"재상, 멋진 부리를 가졌군. 예언자 마호메트의 수염을 걸고 말하는데 그런 것은 생전 처음 보았네."

재상이 허리를 굽히며 말했다.

"감사합니다, 전하. 하지만 감히 말씀드리건대, 황새가 되신 모습이 칼리프이신 때보다 훨씬 더 멋져 보이십니다. 괜찮으시다면 저기 우리 동족들에게 가서 그들이 하는 말을 들어보고 우리가 정말로 황새들의 말을 알아들을 수 있는지를 알아보는 게 어떻겠습니까?"

그러는 사이에 하늘에 있던 다른 황새가 땅에 내려앉았다. 그는 부리로 다리를 닦고 깃털을 매만지더니 첫 번째 황새에게 다가갔다. 황새로 변한 칼리프와 재상도 서둘러서 그들에게 다가갔다. 그런데 그들은 놀랍게도 다음과 같은 이야기를 주고받았다.

"안녕하세요, 긴 다리 부인? 이렇게 이른 아침부터 초원에 계시네요?"

"안녕하세요, 수다꾼 아가씨? 아침거리 좀 구하러 나왔어요. 도마뱀 ¼토막과 개구리가 있는데 좀 드시겠어요?"

"정말 감사합니다. 하지만 오늘은 전혀 입맛이 없어요. 오늘은 아주 다른 일 때문에 들에 나왔어요. 오늘 아버지께서 손님들을 부르셨는데 제가 그분들 앞에서 춤을 추어야 하거든요. 그래서 잠깐 조용히 연습하려고 나왔어요."

이렇게 말하며 황새아가씨는 희한한 몸짓을 해가며 들판을 걸어갔다. 칼리프와 만소르는 놀란 눈으로 그 모습을 바라보았다. 그러다 황새아가씨가 우아하게 한 다리로 서서 날개를 펄럭이자 두 사람은 더 이상 참을 수가 없어 웃음을 터뜨리고 말았다. 그들은 이렇게 계속 웃다가 한참이 지나서야 비로소 웃음을 멈추었다.

칼리프가 외쳤다.

"정말 훌륭해. 이런 것은 황금을 주고도 볼 수 없어. 우리가 웃는 바람에 저 멍청한 황새들이 날아가 버려서 아쉽군. 그러지 않았더라면 황새들의 노래도 들을 수 있었을 텐데."

문득 재상에게 변신한 동안 웃어서는 안 된다는 생각이 떠올랐다. 그래서 그는 불안한 마음으로 칼리프에게 말했다.

"이를 어쩌지! 내가 황새로 살아야 한다니. 이럴 수가! 그 주문이 뭐였는지 생각해 보십시오! 저는 생각이 안 납니다."

"동쪽을 향해 절을 하고 뭐라고 말해야 하는데 그게 무……무…….."

그들은 동쪽을 향해 서서 부리가 땅에 닿을 정도로 허리를 굽혀 절을 했다. 하지만 이렇게 끔찍한 일이! 그토록 여러 번 칼리프가 절을 하고 재상이 "무…… 무…….." 하고 외쳤건만 주문은 생각나지 않았다. 그리하여 칼리프 하시드와 재상은 황새로 살 수밖에 없었다.

3

그들은 이렇게 어려운 상황에 무엇을 해야 할지 몰라 막막하기만 했다. 그리하여 마법에 걸린 두 사람은 처량한 신세가 되어 들판을 헤맸다. 그들은 황새의 모습을 벗어날 수도, 다시 궁전으로 돌아갈 수도 없었다. 황새가 칼리프라고 나서면 누가 믿을 것인가! 혹시 믿어준다 해도 바그다드 시민들이 황새를 칼리프로 모시려 할까?

그리하여 그들은 며칠 동안 근처를 헤매고 다녔다. 그들은 농작물을 주워 먹었다. 그러나 긴 부리 때문에 집어 올리기가 쉽지 않았다. 또 도마뱀이나 개구리는 먹고 싶지 않았다. 그런 것을 먹었다가는 곧바로 배탈이 날 것 같았기 때문이다. 그나마 이렇게 슬픈 처지에서 위안거리가 하나 있었는데, 바로 날 수 있다는 것이었다. 그래서 그들은 가끔씩 바그다드 시내의 지붕 위로 날아다니면서 무슨 일이 일어났는지 살펴보곤 했다.

처음 며칠, 바그다드 시내는 극심한 불안에 싸여 있었다. 마법에 걸린 지 나흘째 되는 날, 칼리프가 궁전으로 날아가 앉아 있는데 아래 거리에서 성대한 축제행렬이 지나갔다. 북과 피리 소리가 울리고 금실 자수가 놓인 망토 차림의 한 남자가 화려하게 차려 입은 많은 신하들에 둘러싸인 채 멋진 말을 타고 지나갔다. 바그다드 시민의 절반이 그를 따르며 "바그다드의 통치자, 미츠라 만세!" 하고 외쳤다.

궁전 지붕 위의 두 황새가 서로 바라보다가 칼리프 하시드가 말을 꺼냈다.

"재상, 이제 내가 어떻게 해서 마법에 걸렸는지 알겠는가? 저 미츠라는 내 원수인 마법사 카슈누르의 아들이라네. 카슈누르는 전에 나와 좋지 않은 일이 있었는데 그때 내가 비참한 최후를 맞게 해주겠다고 다짐한 적이 있지. 하지만 나는 아직 희망이 있어. 그대는 어려울 때 충실한 친구지. 자, 이제 메디나(사우디아라비아 서부의 도시로 모하메트의 묘가 있으며 이슬람교의 성지)로 가보세. 혹 그곳에 가면 마법이 풀릴지도 모르잖은가."

그들은 궁전의 지붕에서 날아올라 메디나로 날아갔다. 그러나 연습이 부족해 날아가는 것은 쉽지 않았다. 몇 시간이 지나자 재상이 숨을 헐떡이며 말했다.

"오, 전하, 죄송합니다. 더 이상은 날 수 없을 것 같습니다. 전하께서는 너무 빨리 나십니다! 또 저녁이 되었으니 하룻밤을 지샐 곳을 찾아야 할 것 같습니다."

칼리프가 신하의 청을 받아들였다. 아래 계곡을 내려다보니 폐가가 눈에 들어왔다. 그들은 그곳에서 밤을 보낼 수 있을지 모른다는 생각에 그리로 내려갔다. 그곳은 전에 궁성이었던 것 같았다. 무너져 내린 건물 사이로 아름다운 기둥들이 서 있었으며, 비교적 옛 모습이 잘 남아 있는 방에서는 과거의 아름다움과 부티가 묻어났다. 칼리프와 재상이 마른 곳을 찾아 이리저리 돌아다니고 있는

데 갑자기 황새 만소르가 우뚝 멈춰서더니 나지막이 말했다.

"전하, 한 나라의 재상이 귀신을 무서워한다 해도 팔푼이 취급을 받을 텐데 황새가 그런다면 더 그렇겠지요! 무서워 죽겠습니다. 여기 옆에서 한숨을 쉬며 탄식하는 소리가 뚜렷이 들렸거든요."

칼리프도 걸음을 멈추고 들으니 나지막이 흐느끼는 소리가 뚜렷이 들렸는데 동물의 울음소리라기보다는 사람 소리 같았다. 칼리프는 기대감에 부푼 나머지 소리가 나는 곳으로 다가가려 했다. 재상이 부리로 칼리프의 날개를 물며 새로이 낯선 위험에 뛰어들지 말라고 애원했지만 소용없었다. 칼리프의 황새 날개 밑에서는 용감한 심장이 뛰고 있었다. 그는 깃털 몇 개가 뽑힌 채 재상의 부리를 뿌리치고 소리 나는 곳으로 달려갔다. 곧 그는 한 문 앞에서 멈췄다. 이제 탄식소리가 열린 문틈으로 뚜렷이 들렸다. 칼리프는 부리로 문을 밀어 열다가 우뚝 멈춰섰다. 방에는 달랑 창 하나만 붙어 있어 빛도 거의 들어오지 않았다. 바닥에 큰 부엉이 한 마리가 앉아 있는 것이 보였다.

크고 둥근 부엉이의 눈에서는 굵은 눈물방울이 굴러 떨어졌으며 구부정한 부리에서는 한숨과 탄식이 새나오고 있었다. 그 사이에 재상도 방에 들어왔다. 부엉이는 그와 칼리프를 보자 기뻐하며 소리쳤다. 그는 갈색 날개로 눈물을 닦더니 놀랍게도 유창한 아랍어로 말했다.

"황새님들, 어서 오세요! 여러분이 나타난 것은 제가 구원된다는 것을 뜻합니다. 저는 황새들이 제게 커다란 행운을 가져온다는 예언을 받았지요!"

칼리프는 놀란 가슴을 진정시키고 목을 길게 빼며 절했다. 그리고 가는 두 다리를 우아하게 모은 자세로 말했다.

"부엉이아가씨! 그 말을 들으니 당신도 우리와 같이 불행에 빠진 처지인가 봅니다. 아! 우리의 도움을 받아 구원될 수 있으리라는 희망은 헛된 것입니다. 우리 이야기를 들으시면 우리가 얼마나 무력한지 아시게 될 겁니다."

부엉이가 이야기를 청해 칼리프는 우리가 이미 알고 있는 일을 이야기해 주었다.

4

칼리프가 이야기를 마치자 부엉이는 그에게 고맙다고 하고는 이런 말을 했다.

"이제 제 이야기도 들어 보세요. 제가 당신보다 더 나은 팔자가 아니라는 것을 아시게 될 겁니다. 제 아버님은 인도의 마하라자(옛날 인도 왕국들의 통치자를 일컫는 말. 왕)이시며 나는 그분의 불행한 외동딸로 루사라고 합니다. 당신들에게 마법을 건 그 카슈누르가 저 또한 불행에 빠뜨렸답니다.

어느 날 그가 아버지에게 오더니 저를 자신의 아들 미츠라의 아내로 달라고 요구하는 거예요. 이에 성격이 불같으신 아버님께서 그 자를 계단 아래로 밀쳐 버리셨습니다. 그러자 그 역겨운 자는 다른 모습으로 변장하여 제게 접근했습니다. 어느 날 정원에 나갔는데 목이 몹시 말랐어요. 그러자 그는 노예로 변장해 내게 마실 것을 가져다주었어요. 그것을 마시고 이렇게 흉한 모습으로 변한 거지요. 마법사가 저를 이곳으로 데려와 소름끼치는 목소리로 외쳤습니다.

'너는 죽을 때까지 다른 동물들의 업신여김을 받으며 흉한 모습으로 살게 될 것이다. 그러나 마음에서 우러나와 이렇게 보기 흉

한 너를 아내로 삼겠다는 사람이 나타나면 마법이 풀린다. 이것이 너와 네 오만한 아버지가 받을 벌이다.'

그러고서 여러 달이 지나갔습니다. 세상으로부터 버림받고 동물들에게도 따돌림을 받은 채 나는 슬픔과 외로움에 젖어 이 폐허 안에서 살고 있습니다. 아름다운 자연도 볼 수 없답니다. 저는 낮에는 눈이 보이지 않으며 달님이 폐허에 하얀 빛을 쏟아주면 눈이 열려 볼 수 있답니다."

부엉이가 이야기를 마치고 날개로 눈가의 눈물을 훔쳤다. 고생한 이야기를 쏟아내는 동안 다시 눈물이 나왔던 것이다.

칼리프는 부엉이의 이야기를 들으며 깊은 생각에 잠겼다.

이윽고 그가 이렇게 말했다.

"제가 틀리지 않았다면 우리들의 불행에는 무언가 연관이 있소. 하지만 이 수수께끼를 풀 열쇠는 어디에 있는지……?"

그러자 부엉이가 칼리프에게 대답했다.

"오 전하! 저도 그렇게 생각됩니다. 제가 어렸을 때 한 지혜로운 여자가 황새가 제게 큰 행운을 가져다줄 거라고 예언한 적이 있습니다. 어쩌면 우리 모두를 구할 수 있는 방법이 있을 것도 같습니다."

칼리프는 깜짝 놀라 그게 무엇이냐고 물었다. 그녀가 대답했다.

"우리를 불행에 빠뜨린 마법사는 한 달에 한 번 이 폐가에 옵니다. 이 방에서 멀지않은 곳에 넓은 홀이 하나 있으며, 그가 다른 많은 마법사들과 먹고 마시는 곳이지요. 저는 그곳에서 이미 여러 번 그들이 하는 이야기를 들은 적이 있습니다. 마법사들은 자신들이 저지른 악한 일을 서로에게 자랑하는데 그럴 때 두 분이 잊어버린 그 주문 이야기도 할지 모릅니다."

"오, 공주님!"

칼리프가 소리쳤다.

"그놈이 언제 오고, 그곳이 어딘지 말씀해 주십시오."

부엉이는 잠시 뜸을 들이다가 이렇게 말했다.

"나쁘게 생각하지 마시길 바라고 말씀드리는데, 한 가지 조건을 들어주셔야 원하신 바를 알려드리겠습니다."

"어서 말씀하세요! 말씀하시라고요! 어떤 조건이든 좋습니다."

칼리프가 외쳤다.

"그럼 말씀드리지요. 저도 자유의 몸이 되고 싶습니다. 그런데 그렇게 되려면 두 분 중 한 분이 저를 아내로 맞으셔야 됩니다."

이 말에 황새들은 썩 달가워하지 않는 기색이었다. 칼리프가 눈짓으로 재상을 잠깐 문 밖으로 불러내어 말했다.

"재상, 일이 우스꽝스럽게 되었는데, 자네가 저 부엉이를 아내로 삼으면 좋겠네."

재상이 대답했다.

"그래요? 집에 가서 마누라한테 구박받으라고요? 저는 나이도 많습니다. 전하께서는 아직 젊고 결혼도 하지 않으셨으니 오히려 전하께서 젊고 아름다운 공주님과 결혼을 하시는 것이 좋을 것 같습니다."

칼리프는 날개를 축 늘어뜨리며 한숨을 쉬었다.

"하긴 그렇군. 허나 공주가 젊고 아름답다고 누가 그러던가?"

두 사람은 그 일을 놓고 오랫동안 이야기를 나누었다. 결국 칼리프는 재상이 부엉이와 결혼하느니 차라리 황새로 남아 있으려 한다는 사실을 확인하고 자신이 그 조건을 받아들이기로 결심했다. 부엉이가 몹시 기뻐했다. 그녀는 두 사람이 아주 적당한 때에 왔다고 하면서 아마 오늘밤 마법사들이 모일 것 같다고 말했다.

그녀는 황새들과 함께 방을 나와 아까 말한 곳으로 데려갔다. 한참을 걸어가자 드디어 앞에 밝은 빛이 보였다. 그곳에 이르자 그들은 숨을 죽인 채 멈춰서서 안을 들여다보았다. 방 가운데에 둥근 식탁이 놓여 있었으며, 진귀한 음식들로 가득했다. 그리고 식탁 주위의 긴 의자에는 여덟 명의 남자가 앉아 있었다. 황새들은 그들 가운데에 마법 가루를 판 상인이 앉아 있는 것을 다시 알아볼 수 있었다. 그의 옆 사람이 그에게 최근에 한 일들에 대해 이야기해 달라고 청했다. 상인의 입에서 칼리프와 재상 이야기도 나왔다.

"도대체 그들에게 알려준 주문이 뭐였어?"

다른 마법사가 물었다.

"제법 어려운 라틴어였어. '무타보르' 라고."

5

이 말을 듣자 황새들은 기뻐서 어쩔 줄 몰랐다. 그들이 긴 황새 다리를 이용해 폐가의 문으로 달려가자 부엉이는 좀체 따라갈 수가 없었다. 그곳에 이르자 칼리프는 감격에 겨워하며 부엉이에게 말했다.

"나와 내 친구의 생명을 구해주신 공주님, 그 은혜에 영원히 보답할 수 있도록 나를 남편으로 맞아주시오."

그는 이렇게 말하고서 동쪽으로 돌아섰다. 황새들은 긴 목을 숙여 산 너머에서 솟는 해를 향해 세 번 절을 한 뒤 "무타보르!" 하고 외쳤다. 그 순간 그들의 몸이 사람으로 변했다. 칼리프와 재상은 새 생명을 얻은 기쁨에 겨워 울고 웃으며 서로 얼싸안았다. 그러나 그들이 주위를 둘러보았을 때 느낀 그 놀라움을 어찌 표현할 수 있을까? 그들 앞에 화려하게 치장한 한 아름다운 아가씨가 서 있었던 것이다.

"당신의 부엉이를 못 알아보시겠습니까?"

그녀가 웃으며 칼리프에게 손을 내밀며 말했다.

부엉이였던 것이다. 칼리프는 그녀의 아름다운 모습을 보고 몹시 기뻐하며 자신이 황새로 변했던 것이 일생일대의 행운이었다고 외쳤다.

세 사람은 함께 바그다드로 떠났다. 칼리프의 옷에는 마법의 가루뿐 아니라 금화도 조금 있었다. 가까운 마을에서 칼리프는 여행에 필요한 물품을 샀으며 곧 바그다드의 성문에 도착했다. 칼리프가 바그다드에 나타나자 사람들은 매우 놀랐다. 죽은 줄 알았던 왕을 다시 보게 되자 백성들은 매우 기뻐했다. 그들은 그만큼 그를 좋아했다.

그런 만큼 미츠라에 대한 그들의 미움은 더욱 커졌다. 그들은 궁전으로 몰려가 늙은 마법사와 그의 아들을 붙잡았다. 칼리프는 마법사를 부엉이로 변신한 공주가 갇혀 있던 방에 가두고 그곳에서 목을 매달아 죽였다.

그러나 아들 미츠라는 아버지의 마법을 전혀 몰랐다. 그래서 칼리프는 그에게 죽음과 마법 가루 마시는 것 중 하나를 선택하도록 했다. 미츠라가 두 번째 것을 택했다. 재상이 그에게 가루가 든 통을 내밀고 칼리프는 주문을 외워 미츠라를 황새로 둔갑시켰다. 그리고 그를 새장에 가두고 정원에 갖다 놓았다.

칼리프 하시드는 공주를 아내로 맞아 오랫동안 행복하게 살았다. 가장 즐거운 시간은 재상이 찾아오는 오후 시간이었다. 이 시간에 두 사람은 황새로 살았던 이야기를 했으며, 흥이 나면 칼리프가 황새로 변했을 때의 재상 모습을 흉내 내곤했다. 그는 진지한 표정을 지은 채 쭉 뻗은 다리로 방 안을 오가며 양팔을 날개처럼 펄럭거렸다. 그리고 동쪽을 향해 절을 하며 "무……, 무……" 하고 외쳤다. 그때마다 칼리프의 아내와 아이들은 매우 즐거워했다. 그러나 칼리프가 절하고 "무……, 무……" 라고 외치며 너무 오래 시간을 끌면 재상이 웃으며 눈치를 주었다. 부엉이공주 몰래 문 밖에서 나눈 얘기를 왕비에게 알리겠노라고.

난쟁이 무크

1

사랑하는 내 고향 니케아(터키 북서부의 도시)에 난쟁이 무크라고 불리는 남자가 살고 있었다. 아주 어린 시절의 일이지만 그 사람 때문에 아버지에게 반쯤 죽을 정도로 얻어맞은 적이 있었기 때문에 나는 그를 아직까지 잘 기억하고 있었다. 내가 그를 처음 보았을 때 난쟁이 무크는 이미 노인이었지만 키는 3~4 피트(1피트는 약 30.48cm이다)밖에 안 되었으며, 아주 작고 가냘픈 몸에 머리는 다른 사람들보다 훨씬 큰 기이한 모습이었다. 그는 큰 집에 혼자 살았으며 음식도 직접 해먹어 점심때면 그의 집 굴뚝에서 연기가 진하게 피어올랐다. 그는 한 달에 한 번만 외출했으며 저녁때면 자기 집 지붕 위를 종종 서성이기도 했다. 그러나 길에서는 그의 커다란 머리통만이 왔다갔다하는 것만 보였다.

나와 내 친구들은 개구쟁이였으며, 다른 사람들을 잘 놀렸다. 우리에게 난쟁이 무크가 외출하는 날은 항상 잔칫날이었다. 그날

이 되면 우리는 무크의 집 앞에 모여 그가 나오기를 기다렸다. 마침내 문이 열리고 머리통보다 더 큰 터번을 두른 커다란 머리가 먼저, 이어서 낡은 웃옷에 폭 넓은 통바지를 걸치고 넓은 허리띠를 두른 작은 몸통이 나타났다. 허리띠에는 단검이 매달려 있었는데, 무크가 칼을 찬 것인지 칼이 무크를 찬 것인지 알 수 없었다. 무크가 그런 모습으로 나타나면 우리는 환호성을 지르고 모자를 높이 던지고 어지럽게 그의 주위를 돌며 춤을 추었다. 하지만 난쟁이 무크는 우리에게 점잖게 절하고 천천히 길을 내려갔다. 그럴 때 무크는 땅에서 발을 들지 않고 걸었다. 그는 아무 데서도 본 적이 없는 크고 넓은 슬리퍼를 신고 있었기 때문이었다.

"난쟁이 무크! 난쟁이 무크!"

우리들은 그의 뒤를 따라가며 외쳐댔다. 우리는 또 그를 놀리는 노래까지 지어 불렀는데, 내용은 다음과 같다.

> 난쟁이 무크, 난쟁이 무크,
> 큰 집에 살며
> 네 주에 한 번만 나오네.
> 넌 얌전하고 귀여운 난쟁이,
> 머리는 산 같지.
> 난쟁이 무크, 주위를 한번 둘러보고

달려와 우릴 잡아라.

우리는 그를 벌써 몇 번이나 놀리며 즐거워했다. 말하기가 민망한데 가장 짓궂게 군 아이는 바로 나였다. 무크의 옷자락을 잡아당긴 것도 한두 번이 아니었으며 한 번은 뒤에서 그의 큰 슬리퍼를 밟아 그가 넘어지게 한 적도 있었다. 그때 그것을 보자 어찌나 재미났는지. 그러나 그가 우리집 쪽으로 가는 것을 보자마자 내게서 웃음이 사라졌다. 그는 정말 우리집으로 들어가 잠시 머물렀다. 나는 집 문 뒤에 숨어 무크를 기다렸다. 얼마 후 무크가 다시 나왔다. 아버지는 문간에서 그의 손을 공손히 잡고 여러 번 허리를 굽혀 절하며 그를 정중히 배웅했다. 마음이 몹시 불안했다. 그래서 오래도록 숨은 데서 나오지 않았다. 그러나 결국 배가 고파 견딜 수 없었다. 나는 용서를 청하며, 눈을 내리깐 채 아버지에게 갔다. 아버지가 아주 진지하게 말씀하셨다.

"네가 마음씨 좋은 무크를 놀렸다지? 너에게 무크 이야기를 들려주마. 듣고 나면 두 번 다시 그 사람을 놀릴 수 없을 거다. 그러나 듣기 전과 듣고 난 후에 마땅히 네 잘못의 값을 치러야 하는 것은 알겠지."

마땅히 치러야 할 죄의 값은 스물다섯 대의 매를 맞는 것인데 아버지는 언제나 정확한 수만큼 때리셨다. 그는 긴 담뱃대를 가져와

서 호박으로 만든 물부리를 떼어내고 전보다 더 세게 나를 때렸다. 스물다섯 대를 다 때리고서 아버지는 내게 잘 들으라고 이르시고 는 난쟁이 무크 이야기를 시작하셨다.

2

무크의 아버지의 이름은 무크라로 가난하지만 이곳 니케아에서 존경받는 사람이었다. 무크라는 지금 아들이 그런 것처럼 사람을 거의 만나지 않고 세상을 등지고 살았다. 그는 아들이 난쟁이라는 것 때문에 그를 별로 좋아하지 않았으며, 또 그래서 그를 남들 눈에 띄지 않게 키웠다.

열여섯 살 때 난쟁이 무크는 장난꾸러기였다. 진지한 성격을 지 닌 아버지는 아들이 아이 티를 벗어야 할 나이가 벌써 지났는데도 여전히 어리석고 철이 없다며 내내 한탄했다.

그러던 어느 날 그의 아버지가 사고를 당해 난쟁이 무크를 가난 과 무지 속에 버려두고 세상을 떠났다. 무정한 친척들은 행운을 찾 아 넓은 세상으로 나가라고 말하며 어린 그를 집에서 내쫓았다. 난 쟁이 무크는 그렇지 않아도 떠날 참이었다고 대답하고 아버지의 옷은 가져가게 해 달라고 청해서 받았다. 그의 아버지는 체구가 크고 건장한 사람이었기 때문에 옷이 무크에게 맞지 않았다. 그래서 찾아낸 해결책은 너무 긴 부분을 잘라내고 입는 것이었다. 그러나 그는 통도 함께 줄여야 한다는 것은 미처 생각하지 못한 것 같았다. 그 결과 오늘날 볼 수 있는 기이한 옷차림이 나왔다.

커다란 터번과 폭이 넓은 허리띠, 통 넓은 바지, 푸른 웃옷, 이 모든 것이 아버지의 것인데 아버지가 돌아가신 후로는 무크가 입었다. 그는 아버지의 단검을 허리에 차고 손에 지팡이를 쥐고서 도시를 떠났다.

그는 온종일 걸었는데 행운을 찾으러 떠난 길이어서 그런지 마음이 즐거웠다. 알록달록한 유리 조각이 땅에서 햇빛을 받아 반짝이면 그것이 언젠가 아주 아름다운 다이아몬드가 될 거라고 믿고 품에 넣었다. 멀리서 이슬람사원의 둥근 지붕이 불처럼 붉게 빛나는 것을 보거나 호수가 거울처럼 반짝이는 것을 보면 기쁜 빛이 가득한 얼굴로 달려갔다. 그는 천국에 도착했다고 믿었다. 아 그런데! 가까이 가니 형상들이 어디론가 사라지고, 곧바로 피로와 배고픔이 살아나며 여전히 자신이 언젠가 죽을 운명인 인간 세계에 있다는 것을 알았다. 이렇게 이틀을 돌아다니고 나자 행운을 찾으리라는 믿음도 사라지고 없었다. 들판의 열매가 그의 음식이었고 단단한 땅이 그의 침대였다. 사흘째 되는 날 아침 무크가 산에서 바라보니 큰 도시 하나가 보였다. 반달이 성벽 위를 환히 비추고 있었고 지붕 위에서는 다채로운 깃발들이 손을 흔들며 무크를 반기는 듯 보였다. 그는 얼떨떨해서 걸음을 멈추고 도시와 그 근방을 살펴보았다.

"그래, 저곳에 이 난쟁이 무크의 행운이 기다리고 있어. 저기 어딘가에 말이야."

그는 이렇게 중얼대며 피곤함도 잊은 채 깡충깡충 뛰었다. 그는 안간힘을 다해 도시를 향해 걸어갔다. 아주 가깝게 보였지만 그는 점심때가 되어서야 그곳에 도착할 수 있었다. 조그만 팔다리가 뜻대로 움직이지 않아 여러 번 야자수 그늘 아래에서 쉬어야 했기 때문이었다. 마침내 도시의 성문에 이르렀다. 그는 웃옷의 구겨진 곳을 펴고 터번을 예쁘게 둘러맸으며 허리띠를 더 넓게 펴서 매고는 긴 칼을 비스듬히 찼다. 이어서 신발의 먼지를 털고 지팡이를 짚고서 씩씩하게 성문으로 들어갔다.

그는 내심 "난쟁이 무크, 들어와 먹고 마시고 네 다리를 쉬게 하렴." 하고 그를 불러 맞아줄 것을 기대했다. 그러나 거리와 시내를 돌아다녀 보아도 그에게 문을 열어주는 곳은 아무 데도 없었다.

이번에도 그는 간절한 마음으로 한 아름다운 저택을 쳐다보고 있었는데 그때 마침 창문이 열리고 웬 할머니가 고개를 내밀더니 다음과 같이 읊는 것이었다.

이리 온, 이리 온,
죽을 끓여 놓았다.
맛있게 먹으라고
상을 차려 놓았다.
이웃들도 오너라.
죽을 끓여 놓았다.

집 문이 열리고 수많은 개와 고양이들이 안으로 들어갔다. 무크는 한순간 들어오라는 말을 따라야 할지 잠시 망설이다가 마침내 용기를 내어 집안으로 들어갔다. 그의 앞에 새끼고양이 몇 마리가 가고 있었다. 무크는 고양이들이 부엌이 어디 있는지 잘 알 것이라고 믿어 그들의 뒤를 따라갔다.

계단을 올라가자 창 밖을 내다본 할머니와 마주쳤다. 그녀는 그를 노려보며 이곳에는 무슨 일로 왔느냐고 물었다.

"모두에게 죽을 먹으러 오라고 하셨잖아요? 나도 몹시 배가 고파서 온 거예요."

난쟁이 무크가 대답했다.

"도대체 어디서 온 거니? 내가 다름 아닌 내 귀여운 고양이들을 위해 죽을 끓인다는 것은 온 도시 사람들이 다 알고 있어. 그리고 가끔은 아까 본 것처럼 이웃 고양이들도 같이 먹으라고 부르고."

할머니가 웃으며 말했다.

난쟁이 무크는 할머니에게 아버지가 돌아가신 후 고생한 얘기를 하고서 오늘은 고양이들과 함께 죽을 먹게 해 달라고 청했다. 할머니는 난쟁이 무크의 천진한 이야기를 듣고 안타깝게 느꼈는지 그를 받아들여 먹을 것과 마실 것을 많이 주었다. 그녀는 한참 동안 무크를 살펴보다가 이렇게 말했다.

"난쟁이 무크, 내 집에서 일하게. 힘들이지 않고 잘 살 수 있을 거야."

무크는 고양이죽이 맛있었다. 그는 좋다고 대답했으며 그리하여 아하브치 부인의 하인이 되었다. 그가 할 일은 쉽지만 이상한 일이었다. 아하브치 부인은 고양이 여섯 마리를 키웠는데 매일 아침 이 고양이들의 털을 빗겨주고 향기로운 기름으로 다듬어 주는 게 무크가 할 일이었다. 또 부인이 외출하면 고양이들을 보살피고, 식사 때면 밥을 주고 밤에는 그들을 값비싼 방석에 눕히고 따뜻한 이불로 덮어주어야 했다. 또 집에는 강아지가 몇 마리 있었는데 이들을 돌보는 일도 그의 몫이었다. 그러나 아하브치 부인이 친자식처럼 여기는 고양이들에 비하면 개들을 돌보는 일은 특별히 힘들 것도 없었다. 또 한 가지 덧붙이면, 무크는 여기서도 아버지의 집에서처럼 외롭게 살았으며 부인 말고는 온종일 개와 고양이만 보고 지냈다. 한동안 무크는 편안하게 지냈다. 먹을 것이 꼬박꼬박 나왔고 일도 힘들지 않았으며 부인은 무크에게 만족하는 것 같았다. 그러나 차츰 고양이들의 버릇이 나빠졌다. 할머니가 외출하면 방안을 미친 듯이 뛰어다니면서 난장판으로 만들었으며, 발로 예쁜 그릇들을 깨뜨리기도 했다. 그러나 할머니가 계단을 올라오는 소리가 들리면 얼른 방석 위로 돌아가 아무 일도 없었다는 듯 꼬리를 흔들었다. 아하브치 부인은 방안이 엉망이 된 것을 보고 무크에게 몹시 화를 냈다. 그가 아무리 자신이 저지른 일이 아니라고 강조해도 그녀는 하인보다는 고양이들을 더 믿었다.

난쟁이 무크는 슬펐다. 아하브치 부인의 집에서도 행복을 느끼지 못했기 때문이다. 그는 그녀의 집을 떠나기로 결심했다. 그러나 첫 여행에서 돈이 없어 고생한 경험이 있어 그는 어떻게든 주인에게서 밀린 임금을 받아내려고 했다. 그녀는 늘 주겠다는 말만 하고 지금까지 보수를 준 적이 없었다.

아하브치 부인의 집에는 작은 방이 하나 있는데, 항상 잠겨 있어 무크는 한 번도 안을 본 적이 없었다. 그러나 무크는 부인이 방에서 무언가를 찾아 돌아다니는 기척을 종종 들었다. 그때마다 그는 그 안에 무엇이 숨겨져 있는지 꼭 알아내고 싶었다. 그는 여비 생각을 하다가 그곳에 부인의 보물이 숨겨져 있을지도 모른다는 생각이 들었다. 그러나 방문이 항상 굳게 잠겨 있어서 보물 근처에도 갈 수 없었다.

어느 날 아침, 아하브치 부인이 볼일을 보러 나간 때였다. 부인에게서 늘 구박만 받던 강아지 한 마리가 무크의 통바지를 물고 따라오라는 듯 그를 재촉했다. 무크는 그 강아지와 놀기를 좋아했기에 이번에도 그를 따라갔다.

'어, 이것 봐라.'

강아지가 아하브치 부인의 침실로 들어가더니 무크가 한 번도 보지 못한 조그만 문 앞으로 그를 데려갔다. 문은 반쯤 열려 있었다. 강아지가 안으로 들어가고 무크도 그 뒤를 따랐다. 그곳은 바로 그가 오랫동안 찾던 곳이었다. 그는 기뻐서 어쩔 줄 몰랐다. 그는 혹시 돈이 있는지 둘러보았지만 그저 낡은 옷들과 기이한 모양의 잔들만 널려 있을 뿐 돈은 한 푼도 없었다. 그런데 그릇들 중 하나가 무크의 눈에 띄었다. 예쁜 그림이 새겨진 수정 그릇이었다. 그는 그것을 들고 이리저리 돌려보았다. 어이구, 이런! 거기에 뚜껑이 살짝 얹혀 있었는데 그것이 떨어져 산산조각 나 버린 것이다.

난쟁이 무크는 깜짝 놀라 오래도록 가만히 서 있었다. 이제 도망치는 것 말고 다른 길은 없었다. 그렇지 않으면 할머니에게 맞아 죽을 것이었다. 그는 떠나기 전에 마지막으로 아하브치 부인의 물건 가운데 여행에 필요한 것이 없는지 둘러보려고 했다. 엄청나게 큰 슬리퍼 한 켤레가 보였다. 신발이 예쁘진 않았지만 지금 신고 있는 것은 너무 낡아 더 이상 여행에 신고 다닐 수 없었다. 신발이 아주 큰 것도 마음에 들었다. 그것을 신고 있으면 모두들 그가 어린애 신발이 맞지 않을 만큼 훌쩍 커버렸다고 볼 것이다. 그래서 그는 신고 있던 신발을 벗고 커다란 신발을 신었다. 방 한 구석에 는 사자 머리가 조각되어 있는 작은 지팡이가 내버려져 있었다. 그 는 그것을 집어 들고 밖으로 나왔다. 그리고 얼른 자기 방으로 가 서 웃옷을 입고 아버지의 터번을 둘렀으며 허리띠에 칼을 찼다. 그 리고 가능한 한 서둘러 시내를 향해 갔다. 그는 할머니가 두려웠기 때문에 지쳐서 더 이상 달릴 수 없을 때까지 쉬지 않고 달렸다. 그 가 이렇게 빠르게 달린 적은 한 번도 없었으며, 아예 쉬지 않고도 계속 달릴 수 있을 것 같았다. 알 수 없는 힘이 끌어당기는 듯했기 때문이다. 마침내 그는 신발에 특별한 점이 있다는 것을 알았다. 계속 달리면서 신발이 그를 함께 데리고 갔던 것이다. 그는 멈추려 고 온갖 짓을 다해 보았지만 마음대로 되지 않았다. 막바지에 이르 러 그는 말에게 명령할 때처럼 "워~, 워~!" 하고 외쳤다. 그러자 신발이 멈춰섰고 무크는 녹초가 되어 땅에 쓰러졌다.

신발을 보자 그는 매우 기뻤다. 이것은 그가 일한 대가로 얻은 거나 마찬가지였다. 아울러 이 세상살이에, 행운을 찾아가는 길에 계속 도움이 될 수 있는 물건이었다. 무크는 기뻤지만 너무 지쳐 있었기에 곧 잠이 들었다. 작은 체구에 아주 무거운 머리를 떠받치 고 다녔으니 더는 견딜 수가 없었던 것이다. 꿈에 아하브치 부인의 집에서 신발을 찾게 해준 강아지가 나타나 말했다.

"사랑하는 무크, 당신은 신발 사용 방법을 아직 잘 모를 거요. 그것을 신고 뒤축으로 서서 세 바퀴를 돌면 어디든 가고 싶은 데로 날아갈 수 있답니다. 그리고 지팡이로는 보물을 찾을 수 있지요. 금이 묻혀 있는 곳에서는 지팡이가 땅을 세 번 두드리고, 은이 묻혀 있는 곳에서는 두 번 두드린답니다."

잠에서 깨어나자 난쟁이 무크는 꿈에 대해 곰곰이 생각해 보았다. 그러고서 곧장 시도해 보기로 마음먹었다. 그는 신발을 신고, 한 발을 들고 다른 발의 뒤축으로 서서 돌기 시작했다. 그러나 엄청나게 큰 신발을 신고 세 번을 연달아 돌기란 쉬운 일이 아니었다. 난쟁이 무크가 첫 번째에 실패한 것은 전혀 이상한 일이 아니었다. 게다가 무크의 무거운 머리가 어떤 때는 이쪽으로, 어떤 때는 저쪽으로 쏠리는 바람에 쉽게 되지 않았다.

불쌍하게도 그는 몇 번이나 땅에 코를 찧었지만 포기하지 않고 계속 노력하여 마침내 성공했다. 그는 바퀴처럼 뒤축으로 돌며 가장 가까운 대도시로 데려다 달라고 빌었다. 그러자 신발이 공중에 떠오르며 바람처럼 빠르게 구름을 헤쳐 날아갔다. 무크가 어리둥절하다가 정신을 차리고 보니 큰 시장에 도착해 있었다. 그곳에는 많은 가게들이 늘어서 있었고 많은 사람들로 붐볐다. 무크는 사람들에 끼어 이리저리 돌아다니다가 곧 다른 곳을 둘러보고 싶어졌다. 시장에서 신발을 밟혀 넘어질 뻔한 적도 있고, 길게 삐져나온 칼에 지나가는 사람들이 부딪치기도 했기 때문이다.

3

이제 난쟁이 무크는 무슨 일을 해서 돈을 조금 벌어볼까 하고 궁리했다. 숨겨진 보물을 알려주는 지팡이가 있지만 그렇다고 당장 금이나 은이 묻혀 있는 곳을 찾을 수는 없지 않은가? 잠깐 자신을 구경거리로 내세워 돈을 벌 수도 있지만 그것은 그의 자존심이 허락하지 않았다. 마지막으로 빨리 달릴 수 있는 발이 있다는 생각이 떠올랐다. 어쩌면 신발을 이용해 생활비를 벌 수는 있지 않을까. 그리하여 그는 날쌘 심부름꾼이 되기로 마음먹었다. 그리고 이런 일에는 이 도시의 왕이 보수를 가장 잘 쳐주리라는 기대감에서 궁전을 찾아갔다. 궁전 문 앞에는 경비병 한 명이 지키고 있다가 무크에게 무슨 일로 왔느냐고 물었다. 무크가 일자리를 찾아왔다고 대답하자 경비병은 그를 노예 감독관에게 보냈다. 무크는 노예 감독관에게 왕의 날쌘 심부름꾼으로 일하게 해달라고 부탁했다. 감독관이 무크를 머리에서 발끝까지 훑어보더니 이렇게 말했다.

"뭐, 채 한 뼘도 안 되는 조그만 발을 가지고 왕의 날쌘 심부름꾼이 되겠다고? 감독관이 바보하고 노닥거리기나 하는 사람인 줄 알아? 저리 꺼져!"

그러나 난쟁이 무크는 결코 농담이 아니라 진정으로 청하는 것이라 하고는 기꺼이 가장 빠른 사람과 달리기 시합을 하고 싶다고 말했다. 감독관이 보니 같잖아서 웃음이 절로 나왔다. 그는 무크에게 저녁때까지 경주 준비를 하라고 이르고 부엌으로 데려가 실컷 먹고 마시게 했다. 그러는 동안 그는 왕에게 찾아가 이 일을 빠짐없이 보고하였다. 왕은 재미있는 사람이었다. 그래서 노예 감독관이 난쟁이 무크를 장난삼아 붙들어 놓은 것을 좋아했다. 왕은 모든 사람들이 잘 구경할 수 있도록 넓은 궁전 뒤쪽의 넓은 들판을 경주 장소로 정하고 만반의 준비를 하라고 지시했다. 왕은 왕자와 공주들에게 그날 저녁에 무슨 즐길 거리가 있을지 얘기해 주었으며 이 이야기는 다시 신하들에게도 전해졌다. 저녁이 되자 사람들은 긴장감에 휩싸였다. 허풍쟁이 난쟁이가 달리는 모습을 보려고 발이 있는 사람은 모두 들판으로 나왔다.

왕과 그의 아들딸들이 자리를 잡자 난쟁이 무크가 들판으로 나가 귀빈들에게 점잖게 허리를 굽혔다. 난쟁이가 나타나자 사람들 사이에서 환호성이 일었다. 이렇게 작은 사람을 본 적이 없었던 것이다. 엄청나게 큰 머리가 달린 조그만 몸집, 작은 웃옷과 통 넓은 바지, 넓은 허리띠와 기다란 칼, 그리고 앙증맞은 발과 넓다란 신발 – 그야말로 너무 우스꽝스러운 모습 아닌가! 이것을 보고 큰 소리로 웃지 않을 사람이 있을까? 그러나 난쟁이 무크는 사람들의 웃음소리에 아랑곳하지 않았다. 그는 당당한 자세로 서서 경쟁자가 나타나기를 기다렸다. 노예 감독관은 무크가 원한 대로 가장 빠른 심부름꾼을 찾아서 내보냈다. 그 자가 나타나고 두 사람은 신호를 기다렸다. 아마르차 공주가 출발 신호로 베일을 흔들자 두 사람은 같은 목표점을 향해 들판 위를 쏜살같이 날아갔다.

처음에는 무크의 상대가 앞섰지만 다음에는 무크가 신발을 이용해 그를 따라잡았다. 그리고 상대가 숨을 헐떡이며 아직 한참 뒤처져 있을 때 무크는 이미 목표에 도달해 있었다. 관중은 놀라 아무 말도 하지 못했다. 그러다 왕이 먼저 손뼉을 치자 모두들 환호성을 질렀다.

"난쟁이 무크 만세, 경주의 승리자 만세!"

그 사이에 사람들이 무크를 데려왔다.

그는 왕 앞에 엎드려 말했다.

"위대하신 임금님, 저는 여기서 제가 가진 재주의 일부만 보여드렸습니다. 이제 저를 전하의 심부름꾼으로 삼아 주십시오."

그러자 왕이 무크에게 대답했다.

"아니다, 무크. 너는 내 직속전령으로 항상 짐의 곁에 있도록 하

라. 너는 매년 금화 백 냥을 받을 것이며 으뜸 벼슬아치들과 함께
식사를 하도록 하여라."

4

이제 무크는 드디어 오랫동안 찾아 헤매던 행운을 잡게 되었다
고 생각하고 기뻐했다. 게다가 왕의 특별한 호의까지 받게 된 것도
기쁘고 기분 좋은 일이었다. 왕은 가장 빨리, 비밀리에 전해야 하
는 일은 무크에게 맡겼으며, 그러면 무크는 상상조차 할 수 없을
정도로 빠르고 완벽하게 맡은 일을 처리했다.

그러나 다른 신하들은 그를 전혀 좋아하지 않았다. 빨리 달리는
것 말고는 아무것도 모르는 난쟁이 때문에 왕의 관심에서 밀려났
기 때문이다. 그래서 그들은 무크를 무너뜨리려고 해보았지만 왕
이 전적으로 자신의 수석 심부름꾼을 신임했기 때문에 아무 소용
이 없었다. 무크는 어느새 수석 심부름꾼이 되어 있었다.

무크는 다른 신하들이 자신을 해치려 한다는 것을 잘 알고 있었
지만 보복 같은 것은 생각하지 않았다. 그러기에 그는 마음이 너
무 선했다. 그는 오히려 그들에게 필요한 사람이 되어 그들을 친구

로 만들려고 했다. 문득 행복에 겨워 잊고 있었던 지팡이가 생각났다. 보물만 찾아내면 다른 신하들이 자신을 존중하리라고 믿었다. 무크는 적이 이 나라를 침략했을 때 지금 국왕의 아버지가 많은 보물을 파묻었으며, 아들에게 그 비밀을 알려주지 못하고 전투 중에 전사했다는 얘기를 자주 들었다. 그때부터 무크는 언젠가 옛 왕의 금이 묻힌 장소를 지나가게 되리라는 기대를 품고 늘 지팡이를 갖고 다녔다. 어느 날 저녁 그가 우연히 잘 다니지 않던 정원 구역을 지나가는데 갑자기 지팡이가 손에서 움찔하며 땅을 세 번 두드렸다. 그는 그것이 무엇을 뜻하는지 잘 알고 있었다. 그래서 칼을 꺼내 주변에 있는 나무에 표시를 해 놓고 궁으로 돌아갔다. 그리고 그곳에서 삽을 하나 가져와 밤이 될 때까지 기다렸다.

그런데 보물을 파내는 일은 난쟁이 무크가 생각했던 것보다 힘들었다. 그의 팔은 매우 약한데 삽은 크고 무거웠던 것이다. 벌써 두 시간이나 일했지만 겨우 몇 피트밖에 파지 못했다. 드디어 삽이 뭔가 딱딱한 것에 부딪치는 소리가 났는데 쇳소리 같았다. 그는 더욱 속도를 냈으며 곧 커다란 쇠뚜껑이 나타났다. 내려가서 살펴보니 큰 단지 안에 금화가 가득 차 있었다. 그러나 연약한 무크가 단지를 들어올리는 일은 만만치 않았다. 그래서 그는 바지 주머니와 허리띠에 가능한 많은 금화를 집어넣어 옮겼다. 웃옷도 금화로 가득 채웠으며 나머지는 잘 싸서 등에 맸다. 만약 그가 신기한 신발을 신고 있지 않았다면 그 자리에서 꼼짝도 못했을 것이다. 그토록 금화의 무게가 무거웠다. 그러나 그는 어느새 자기 방에 도착해 소파의 깔개 밑에 금화를 숨겼다.

난쟁이 무크는 금화를 많이 소유하고 있으니 이제 모든 게 달라져 지금까지 적대적이었던 자들을 친구로 만들 수 있으리라고 믿었다. 이 점만 봐도 난쟁이 무크가 뭘 제대로 배우지 못했음을 알 수 있다. 그렇지 않다면 돈으로 진정한 친구를 얻겠다는 생각은 하지 않았을 것이다.

'아, 그때 그가 신기한 신발을 신고 웃옷에 금화를 가득 넣은 채 그곳을 영영 떠나 버렸다면 좋았을 걸!'

무크가 궁의 신하들에게 금화를 한 주먹씩 나눠주기 시작하자 그들의 미움은 더욱 커질 뿐이었다. 주방장 아훌리는 그를 '화폐 위조자'라고 불렀고 노예 감독관 아흐메트는 '오랫동안 왕을 졸라 우려낸 돈이야.' 하고 말했다. 그러나 무크를 제일 싫어하는 재무관 아르하츠는 '몰래 훔친 거야.' 하고 말했다. 가끔씩 왕의 금고에 손을 대는 자가 있다면 바로 재무관이었을 것이다. 그들은 이 일을 놓고 구체적으로 논의했다. 어느 날, 왕의 음료담당관인 코르후츠가 침울한 얼굴로 왕 앞에 나타났다. 그러자 왕이 그에게 무슨 일이 있느냐고 물었다. 그가 대답했다.

"아, 전하의 총애를 잃어 슬픕니다."

이에 왕이 물었다.

"그게 무슨 말인가, 코르후츠? 언제부터 내 은총의 햇살이 그대에게 비치지 않았단 말인가?"

그러자 코르후츠는 수석 심부름꾼 무크에게는 금화를 하사하고 가난한 충신들에게는 아무것도 주시지 않는다고 대답했다.

이 말에 왕은 몹시 놀라며 난쟁이 무크가 금화를 나눠준 얘기를 들었다. 무크에 대한 왕의 신뢰를 깨뜨리기란 쉬웠다. 곧 왕은 그가 어떻게든 국고에서 돈을 훔쳤다고 믿게 되었다. 이렇게 되자 재무관은 매우 기뻤다. 왕은 무크가 눈치채지 않도록 아주 조심스레 그의 뒤를 밟아 가능한 한 현장에서 붙잡으라는 명령을 내렸다.

이 운명의 날 밤, 난쟁이 무크는 새로 금화를 가지러 삽을 들고 궁전 정원으로 갔다. 주방장 아훌리와 재무관 아르하츠가 보초병들을 데리고 그의 뒤를 멀찍이 따라갔다. 그러다가 무크가 단지에서 금화를 꺼내 웃옷에 넣으려는 순간 그를 덮쳐 꽁꽁 묶어서 곧장 왕에게 끌고 갔다. 왕은 잠을 설쳐 기분이 좋지 않았다. 그는 아주 퉁명스럽게 무크를 맞았다. 사람들이 땅에서 금화 단지를 통째로 파내어 삽과 금화로 가득한 웃옷과 함께 왕 앞에 놓았다. 재무관은 무크가 막 단지를 땅에 묻으려 할 때 자신과 보초병들이 그를 덮쳤다고 진술했다.

그러자 왕이 무크에게 그게 사실이냐, 그가 땅 속에 숨기려 한 금은 어디서 난 것이냐고 물었다.

무크는 결코 나쁜 짓을 하지 않았다는 생각에서 그 단지는 정원에서 발견한 것이며 파묻으려 한 것이 아니라 파내려 한 것이라고 대답했다.

그의 변명을 듣자 모두들 껄껄대며 웃었다. 그러나 왕은 화를 내며 소리쳤다.

"이런 비열한 놈, 뭐가 어째! 내 것을 훔친 것도 모자라 나를 멍청이에 나쁜 놈으로까지 만들 셈이냐? 재무관 아르하츠! 이 금화들이 내 보물고에서 없어진 액수와 같은가?"

재무관은 얼마 전부터 왕의 보물고에서 더 많은 금화가 없어졌으며 자신의 말을 걸고 다짐하는데 도둑맞은 금화가 틀림없다고 대답했다.

이에 왕은 난쟁이 무크를 사슬에 묶어 감옥에 가두라고 명령하고 재무관에게는 금화를 다시 보물고에 보관하라고 말했다. 원한대로 사건이 끝나자 재무관은 기뻐하며 그 자리에서 물러나와 집에서 금화를 세어보았다. 그러나 그는 단지 바닥에 다음과 같은 쪽지가 있었다는 것을 아무에게도 말하지 않았다.

"적이 내 나라를 침범해
내 보물 중 일부를 여기에 묻는다.

이 금화를 발견하고 즉시 내 아들에게 넘겨주지 않으면
누구든 알라의 벌을 받을 것이다.

사디 왕"

감옥에 갇힌 무크에게 슬픈 생각이 몰려왔다. 자신이 사형을 받
게 되리라는 것을 알고 있었지만 그렇다고 지팡이의 비밀을 왕에
게 말하고 싶지는 않았다. 그러면 지팡이와 신발을 빼앗길 터였
다. 안타깝게도 지금은 요술 신발도 아무 소용없었다. 사슬에 묶
어 벽에 매어 놓았기 때문에 아무리 애를 써도 발뒤축을 돌릴 수
없었다. 그러나 다음날 사형이 집행될 것이라는 말을 듣자 요술 지
팡이를 갖고 죽느니 지팡이 없이 사는 것이 낫겠다고 생각했다. 그
래서 왕에게 말씀드릴 것이 있다고 말하고 그에게 비밀을 털어놓
았다.

왕은 처음부터 무크를 믿지 않았다. 그러자 난쟁이는 자신을 죽
이지 않는다고 굳게 약속하면 시범을 보여주겠다고 말했다. 왕이
동의하고 무크가 모르게 금화를 조금 땅에 묻으라고 하고서 무크
에게 지팡이를 가지고 그것을 찾으라고 명령했다. 얼마 지나지 않
아 무크가 금화를 찾아냈다. 지팡이가 확실하게 땅을 세 번 두드렸
던 것이다. 그것을 보고 왕은 재무관이 자신을 속였음을 알았다.

근동 지역의 관습에 맞게 그는 재무장관에게 비단 끈을 보내어 스스로 목매어 죽도록 했다. 그러고서 난쟁이 무크에게 다음과 같이 말했다.

"짐은 네 목숨을 살려주겠다고 약속했다. 하지만 너는 이 지팡이의 비밀만 알고 있는 것이 아닌 것 같다. 네가 어떻게 그토록 빨리 달릴 수 있는지를 말하지 않으면 너는 영원히 감옥에서 지내야 할 것이다."

난쟁이 무크는 하룻밤도 감옥에 머물고 싶지 않았다. 그래서 자신의 재주는 요술 신발 덕분이라고 털어놓았다. 그러나 뒤축을 세 번 돌아야 난다는 비밀은 왕에게 가르쳐 주지 않았다. 왕은 몸소 시험해 보기 위해 신발을 신고 정원을 미친 듯이 쏘다녔다. 그는 몇 번이나 멈추려고 했지만 멈추는 법을 알지 못했다. 무크는 왕을 골탕 먹이고 싶었기 때문에 녹초가 되어 쓰러질 때까지 내버려 두었다.

왕이 다시 기운을 차렸다. 그는 기진맥진할 때까지 뛰어다니게 내버려둔 무크에게 몹시 화가 났다.

"짐은 네게 자유와 삶을 주겠다고 약속했다. 그러나 열두 시간 안에 이 나라를 떠나라. 그러지 않으면 너를 목매달아 죽이겠다."

그러나 무크의 지팡이와 신발은 자신의 보물 창고에 갖다 두게 했다.

5

　난쟁이 무크는 전처럼 빈털터리가 되어 궁을 떠났다. 고마운 요술 신발이 없어 걷는 것이 매우 힘들었지만 다행히도 나라가 크지 않아 국경까지는 여덟 시간밖에 걸리지 않았다.

　국경을 넘자 무크는 사람들이 다니는 길을 피해 울창한 숲을 찾아갔다. 사람을 만나지 않고 홀로 살고 싶었던 것이다. 나무들이 우거진 숲속에서 그는 자신의 뜻에 맞는 장소를 발견했다. 커다란 무화과나무들로 둘러싸인 맑은 개울이 그를 불렀다. 그는 아무것도 먹지 않고 여기서 죽음을 맞겠다고 스스로 다짐하고 바닥에 몸을 던졌다. 그는 죽음에 대해 구슬픈 생각을 하다가 이내 잠이 들었다. 다시 깨어나 배고픔이 그를 괴롭히자 굶어 죽는 것이 자신할 수 없는 일이라는 생각이 들었다. 그는 어디서 먹을 것을 구할 수 없을까 하고 주위를 둘러보았다.

　무크가 잠을 잤던 자리에서 쳐다보니 나무에는 무르익은 무화과가 달려 있었다. 그는 나무에 올라가 서너 개를 따서 맛있게 먹었다. 그러고서 물을 마시러 개울로 내려갔다. 그런데 물에 비친 얼굴을 보고 얼마나 깜짝 놀랐는지! 두 귀는 엄청나게 커졌고 코도 굵고 기다랗게 늘어졌던 것이다! 무크는 불안에 떨며 두 손으로 귀를 만져 보았다. 귀 길이가 정말로 30센티미터도 더 되었다.

"굴러 들어온 행운을 당나귀처럼 발로 차 버렸으니, 나는 당나귀 귀가 달린 게 마땅해!"

무크가 외쳤다.

그는 나무 밑을 서성였다. 그러다 다시 배가 고파 또다시 무화과로 손을 뻗었다. 나무에 먹을 것이 그것밖에 없었던 것이다. 무화과를 먹는 중에 큰 터번 밑에서 귀가 없는 것같다는 생각이 들어 만져보니 큰 귀가 사라지고 없었다. 바로 개울가로 달려가 물에 비춰 보니 실제로 그의 귀가 전과 같은 모양이었으며, 코도 굵고 길지 않았다. 그제서야 무크는 그게 어찌된 까닭인지 알 수 있었다. 첫 번째 나무의 무화과를 먹으니 귀와 코가 커졌고 두 번째 나무의 무화과를 먹자 그 상태에서 풀려났던 것이다. 다시 행복해질 수 있는 수단을 손에 쥐었음을 깨닫고 그는 기뻤다. 그래서 그는 두 나무에서 들고 갈 수 있는 한 많은 열매를 따가지고 얼마 전에 떠나왔던 나라로 돌아갔다. 처음 도착한 작은 도시에서 그는 남이 전혀 못 알아보도록 다른 옷을 사 입고 왕이 있는 큰 도시로 계속 걸어가 곧 그곳에 도착했다.

마침 잘 익은 무화과가 귀한 계절이었다. 그래서 무크는 곧바로 궁전 문으로 가서 그 아래에 앉아 기다렸다. 그곳에서 주방장이 왕에게 바칠 귀한 음식들을 산다는 것을 전부터 알고 있었기 때문이

다. 오래지 않아 주방장이 정원을 건너오는 모습이 보였다. 그는 궁전 앞에 자리를 잡은 상인들의 물건을 살펴보다가 마침내 무크 앞에 놓인 바구니에 눈길이 멎었다.

"아, 무화과네! 전하께서 분명 좋아하시겠군."

주방장이 난쟁이 무크에게 물었다.

"광주리째로 얼마인가?"

난쟁이 무크가 값을 싸게 부르자 주방장이 좋다고 했다. 노예가 바구니를 받아서 들고 갔다. 난쟁이 무크는 얼른 그 자리를 떠났다. 궁전 사람들의 얼굴이 흉측하게 변하면 과일을 판 자를 찾아내어 처벌할 것이기 때문이었다.

왕은 식사 중에 매우 기분이 좋았다. 그는 자신을 위해 항상 훌륭한 요리와 귀한 음식을 찾아 올리는 주방장에게 칭찬을 아끼지 않았다. 그러나 주방장은 어떤 진귀한 음식이 또 식탁에 나올지 잘 알고 있었기에 싱글싱글 웃으며 '아직 다 나온 게 아닙니다.' 라거나 '끝이 좋아야 다 좋은 법이지요.' 하고 넉살을 피웠다. 그럴수록 공주들은 또 무엇이 나올지 몹시 궁금했다. 주방장이 탐스러운 무화과를 내놓자 모든 사람들의 입에서 일제히 "와!" 하는 소리가 나왔다.

"정말 잘 익었군. 정말 맛있겠어!"

왕이 소리쳤다.

"주방장, 그대는 우리에게 정말 소중한 사람이네!"

그런데 왕은 이렇게 말하면서 자신의 식탁 위에 놓인 무화과를 직접 집어 나누어 주었다. 다른 때는 이런 진귀한 음식을 잘 나누어 먹지 않았다. 왕자들과 공주들은 두 개씩, 궁녀와 재상들은 하나씩 주고 나머지는 모두 자기 앞에 놓고 아주 맛있게 먹었다.

"아니, 아버님! 얼굴이 이상해 보입니다."

아마르차 공주가 갑자기 소리쳤다. 모두들 왕을 보고 놀랐다. 머리에는 엄청나게 큰 귀가 매달려 있고 기다란 코는 턱 밑으로 늘어져 있었다. 또 그들은 서로를 바라보다가 깜짝 놀랐다. 어느 정도 차이는 있었지만 왕과 모습이 같았던 것이다.

궁중에서 야단법석이 벌어진 모습을 생각해 보라! 곧바로 도시의 의사들이 모두 달려와서 이런저런 약들을 처방했지만 귀와 코의 모양은 그대로였다. 왕자 한 명의 귀를 수술했지만 귀가 다시 자라났다.

무크는 은신처에 숨어 이 모든 이야기를 들었으며 드디어 자신이 나설 때가 되었다고 생각했다. 그는 의사로 분장하기 위해 무화과를 판 돈으로 미리 옷을 사 두었다. 거기에 긴 수염을 붙이자 그를 전혀 알아볼 수 없었다. 그는 무화과 한 광주리를 들고 궁으로 가서 자신은 외국에서 온 의사이며 도움을 주러 왔다고 말했다. 사람들은 처음에 그의 솜씨를 믿지 않았다. 그러나 난쟁이 무크가 한 왕자에게 무화과를 먹여 왕자의 귀와 코가 옛 모습으로 돌아오자 모두들 낯선 의사에게 치료를 받으려고 하였다. 그런데 왕이 말없이 무크의 손을 잡고 한 방으로 데려갔다. 그곳에서 왕은 보물고로 통하는 문을 열고 그에게 따라 들어오라고 했다. 왕이 말했다.

"이게 내 보물들이오. 무엇이든 골라 보시오. 이 끔찍한 재앙에서 나를 구해준다면 당신에게 주겠소."

난쟁이 무크의 귀에는 달콤한 음악처럼 들렸다. 그는 방에 들어섰을 때 이미 마법의 신발이 바닥에, 그리고 그 바로 옆에 지팡이가 놓여 있는 것을 보았다. 그는 왕의 보물을 살펴보는 것처럼 방안 여기저기를 돌아다녔다. 그러다 요술 신발에 이르자 재빨리 신발을 신고 지팡이를 집었다. 또 가짜 수염을 떼어내고 왕에게 친숙

한 자신의 얼굴을 보여 주었다. 그러고서 무크가 말했다.

"당신은 신하의 충성을 저버리고 내친 의리 없는 왕, 당신은 지금 그 벌을 받고 있으니 그 모습을 깊이 간직하시오. 날마다 보며 나를 생각하도록 귀는 원래 모습으로 돌려드리겠소."

이렇게 말을 마치자마자 무크는 재빨리 발뒤축을 밟고 돌면서 멀리 떠나라고 빌었다. 왕이 도와달라고 소리치기도 전에 난쟁이 무크는 사라져 버렸다.

"그때부터 난쟁이 무크는 아주 부유하게 살았지만 사람을 경멸했기 때문에 아무도 만나지 않았단다. 그는 현실에서 많은 경험을 쌓아 현인이 되었단다. 겉모습이 조금 이상했지만 다른 누구보다 존경할 만한 사람이지."

아버지의 이야기는 이렇게 끝났다. 내가 난쟁이 무크에게 함부로 행동한 것을 후회한다고 말하자 아버지는 처음에 생각했던 나머지 절반의 벌을 면해 주셨다. 나는 친구들에게 난쟁이 무크가 겪은 놀라운 일을 이야기해 주었다. 우리는 그를 좋아하게 되었으며 이제는 아무도 그를 놀리지 않았다. 아니 오히려 그가 살아 있는 동안 그를 존경했으며 그를 보면 재판관에게 하듯이 늘 허리를 굽혀 인사했다.

유령선

1

┃아버지는 발소라(바스라라고도 부르며 유프라테스 강과 티그리스 강이 만나는 샤트알아랍강의 항구도시. 8~9세기 전반에 페르시아만의 최대 무역항)에서 작은 가게를 하셨다. 가난하지도 부유하지도 않았으며, 그나마 조금 있는 것마저 잃을까 두려워 뭘 시도하지도 않았다. 아버지는 나를 성심껏 키웠다. 내가 갓 열여덟 살이 되었을 때 아버지는 처음으로 큰돈을 투자하시고 세상을 떠나셨다. 아마 금화 수천 냥을 바다에 갖다 바친 고통 때문이었을 것이다. 그러나 곧 얼마 지나지 않아 나는 아버지께서 돌아가신 것을 잘된 일로 여기게 되었다. 몇 주 후에 아버지의 물건을 실은 배가 가라앉았다는 소식을 들었기 때문이다. 그러나 이 불행도 내 젊은 혈기를 꺾지는 못했다. 나는 아직 남아 있는 재산을 돈으로 바꾸었다. 그리고 낯선 나라에서 내 운을 시험해 보려고 길을 떠났다. 오래도록 충성스레 아버지를 섬겨온 늙은 하인 한

명이 내게서 떨어지려 하지 않아 그를 데리고 갔다.

순풍이 불자 우리는 발소라 항구를 떠났다. 나는 인도로 가는 배를 탔다. 순조롭게 항해한 지 보름이 되었을 때 선장이 폭풍우가 올 것이라고 알려주었다. 그의 얼굴에는 근심이 가득했다. 그는 느긋이 폭풍우를 맞을 만큼 이곳 물길을 잘 알지 못하는 것 같았다. 그는 돛을 모두 끌어내리게 하고 아주 천천히 배를 몰았다. 춥고 환한 밤이었다. 그래서인지 선장은 자신이 착각한 것이라 믿고 있었다. 그런데 난데없이 지금껏 보이지 않던 배 한 척이 나타나 우리 곁을 스치고 지나갔다. 그 배의 갑판에서 떠들썩하게 웃고 떠드는 소리가 들렸지만 나는 폭풍우를 앞두고 두려움에 떨고 있어 별로 놀라지 않았다. 그러나 내 옆에 있던 선장의 얼굴은 시체처럼 창백해졌다. 그가 소리쳤다.

"내 배는 끝장났어! 저건 귀신이 조종하는 배라고!"

선장이 왜 이렇게 이상한 말을 외치는지 물으려 하는데 선원들이 크게 소리치며 몰려왔다.

"저 배 봤지요? 이제 우리는 끝났어요!"

그러나 선장은 코란의 구절을 읊도록 하고 손수 키를 잡았다. 그러나 소용없는 짓이었다. 폭풍우가 더 강해지고 채 한 시간도 지나지 않아 배가 부서졌다. 보트를 내렸다. 마지막 선원이 구출되자마자 배가 우리 눈앞에서 가라앉았다. 나는 가진 것 없이 맨몸뚱이로 바다를 떠도는 신세가 되었다. 그러나 불행은 그것으로 끝나지 않았다. 폭풍우는 더욱 드세져 이제는 보트의 노도 저을 수 없었다. 나는 늙은 하인 이브라힘을 꼭 안고서 무슨 일이 있어도 떨어지지 말자고 다짐했다.

마침내 날이 밝았다. 그러나 아침놀이 보이는가 싶더니 거센 바람이 불어와 우리가 앉아 있는 보트를 뒤집어 버렸다. 그 이후로 나는 선원들을 보지 못했다. 보트가 뒤집히는 순간 나는 정신을 잃었으며, 눈을 떠보니 충실한 이브라힘이 나를 팔에 안고 있었다. 그는 뒤집힌 보트 위로 올라와 나를 물속에서 끌어올렸던 것이다. 폭풍이 잠잠해졌다. 우리가 탔던 배는 사라지고 흔적도 없었다. 그러나 우리에게서 멀지않은 곳에 다른 배 한 척이 떠 있었다. 가까이 가서 보니 선장을 공포에 몰아넣은 바로 그 배였다. 그 배를 보자 나는 불안해졌다. 선장이 두려움에 떨며 외친, 그리고 무서운 현실이 된 말이 귓전에 맴돌았다. 우리가 가까이 가서 힘껏 소리를 질러도 아무 기척도 들리지 않는 죽음의 배를 보자 나는 소스라치게 놀랐다. 그러나 이 배는 우리의 유일한 구조 수단이었다. 그래서 우리는 우리를 살려주신 예언자께 감사를 올렸다.

2

배의 이물에는 기다란 밧줄이 늘어져 있었다. 우리는 그것을 잡으려고 배를 향해 다가갔다. 마침내 밧줄을 잡았다. 나는 또다시

큰 소리로 불러보았다. 그러나 배 위는 여전히 괴괴했다. 그래서
우리는 밧줄을 잡고 올라갔다. 젊은 내가 앞장섰다. 아 이렇게 끔
찍할 수가! 갑판에 발을 내디딘 순간 눈앞에 펼쳐진 광경이라니!
피로 붉게 물든 갑판 위에는 터키 옷을 입은 이삼십 구의 시체가
나뒹굴고 있었다. 그리고 배 중앙의 돛대 앞에는 화려하게 차려입
은 남자가 손에 칼을 들고 서 있었다. 그의 핏기 없는 얼굴은 일그

러져 있었는데, 커다란 못이 그의 이마를 꿰뚫고 돛대에 박혀 있었다. 그 역시 죽은 사람이었던 것이다. 나는 숨도 제대로 못 쉬고 그 자리에 얼어붙어 있었다. 드디어 내 일행도 올라왔다. 그 또한 참혹한 시체만 즐비하고 살아 있는 것이라고는 보이지 않는 갑판을 보고 충격을 받았다. 우리는 불안한 마음에 예언자의 도움을 청하고 나서야 간신히 앞으로 갈 수 있었다. 걸음을 내디딜 때마다 새로운 것, 더 끔찍한 것이 있는지 마음을 졸이며 주위를 살폈다. 그러나 모든 것이 그대로였고 사방 어디를 봐도 움직이는 것은 우리와 바다뿐이었다. 우리는 무서워서 끽소리도 낼 수 없었다. 그러면 돛대에 박힌 선장이나 죽은 시체들 가운데 하나가 우리 쪽으로 돌아볼 것 같았다. 마침내 우리는 선실로 가는 계단에 이르렀다. 우리는 그곳에서 멈춰서서 서로 얼굴만 바라보았다. 사실 누구도 자기 생각을 말할 엄두를 내지 못했다.

마침내 충직한 하인 이브라힘이 입을 열었다.

"오, 주인님. 이 배에서 뭔가 끔찍한 일이 벌어졌네요. 하지만 아래 선실에 살인자들이 우글거릴지라도 그들 손에 목숨을 맡기는 것이 여기서 내내 시체들을 보며 견디는 것보다 낫겠습니다."

나도 그와 같은 생각이었다. 우리는 용기를 내고 잔뜩 긴장한 채 아래로 내려갔다. 그곳에도 죽음의 정적이 깔려 있었고, 우리의 발소리만 계단을 울렸다. 우리는 선실 문 앞에서 멈췄다. 나는 문에 귀를 대보았지만 아무 소리도 들리지 않았다. 문을 열었다. 선실은 엉망이었다. 옷과 무기 그리고 다른 물건들이 어지럽게 널려 있었고 모든 게 뒤죽박죽이었다. 선원들 또는 선장이 조금 전까지 술을 마셨는지 모든 게 여기저기 나뒹굴었다. 우리는 이 방 저 방을 둘러보았다. 곳곳에 값비싼 옷감과 보석, 설탕 등이 잔뜩 쌓여 있었다. 그 물건들을 보자 나는 무척 기뻤다. 배에 아무도 없었으므로 내가 그 물건들을 가져도 좋다고 생각했다. 그러나 이브라힘은 우리가 육지에서 아주 멀리 떨어져 있는 것 같으며 다른 사람의 도움 없이 우리 힘만으로는 육지에 닿을 수 없을 거라고 일깨워 주었다.

우리는 음식을 찾아서 먹고 마셨다. 그리고 결국 다시 갑판으로 올라갔다. 그러자 또다시 끔찍한 시체들의 모습이 우리를 사로잡았다. 우리는 시체들을 바다에 던져 버리기로 했다. 그러나 시체가 꼼짝달싹하지 않는 것을 알고 우리는 공포감에 사로잡혔다. 그들은 갑판에 못이라도 박힌 듯 붙어 있었으며 갑판에서 떼어내려면 바닥을 뜯어내야 했는데 우리는 그럴 만한 연장이 없었다. 선장도 돛대에서 떨어지지 않으며 그가 쥐고 있는 칼조차도 손에서 빼낼 수 없었다.

우리는 설움에 잠긴 채 우리의 처지를 생각하며 하루를 보냈다. 밤이 되자 나는 늙은 이브라힘에게 가서 자라고 했다. 나는 갑판에 남아 구출될 방법을 찾아볼 셈이었다. 달이 떠오르고 별자리로 미루어 열한 시쯤 되었을 때였다. 나는 어찌나 피곤한지 나도 모르게 갑판에 놓인 통 뒤에 벌러덩 쓰러졌다. 그러나 선잠이 든 것도 아니었다. 뱃전에 부딪히는 파도 소리와 바람에 돛대가 삐걱대는 소리, 돛이 펄럭이는 소리가 뚜렷이 들렸다. 갑자기 갑판에서 선원들의 목소리와 발소리가 들렸다. 나는 일어나서 살펴보려고 했지만 보이지 않는 힘이 나를 꼼짝 못하게 붙들고 놓아주지 않았으며 나는 눈조차 뜰 수 없었다. 소리가 점점 뚜렷해졌다. 마치 흥이 난 뱃사람들이 갑판 위로 오가며 떠드는 것 같았다. 이따금 우렁차게 명령하는 소리도 들렸고 밧줄 감고 올리는 소리, 돛을 올리고 내리는 소리도 뚜렷이 들렸다. 그러나 나는 의식이 가물가물하며 점점 깊은 잠에 빠졌으며 무기끼리 부딪치는 소리 말고는 아무 소리도 들리지 않았다. 깨어나 보니 해가 높이 떠서 내 얼굴에 쨍쨍 내리쬐고 있었다. 나는 깜짝 놀라 주위를 살펴보았다. 폭풍우와 배, 시체 그리고 간밤에 들었던 소리, 이 모든 것이 꿈만 같았다. 주위는 모든 것이 어제와 다름없었다. 갑판 위에 시체들이 널브러져 있는 것, 그리고 돛대에 선장이 매달려 있는 것도 그대로였다. 나는 개꿈이라고 피식 웃고 일어나 이브라힘을 찾으러 갔다.

이브라힘은 깊은 생각에 잠긴 채 선실에 앉아 있었다.

내가 다가가자 그가 부르짖었다.

"오, 주인님! 이 귀신 나오는 배에서 하룻밤을 더 지내느니 차라리 깊은 바닷속에 빠져 죽겠습니다!"

내가 왜 그렇게 겁에 질려 있느냐고 묻자 이렇게 대답했다.

"어젯밤에 몇 시간을 자다가 깼어요. 위에서 누가 이리저리 뛰어다니는 소리가 들렸습니다. 처음에는 주인님이라고 생각했지요. 그런데 적어도 스무 명은 되는 것 같았어요. 고함과 울부짖는 소리도 들렸어요. 이윽고 무거운 발소리가 계단을 내려왔습니다. 그 순간 저는 넋이 나가 버렸으며, 가끔 정신이 들어 눈을 뜨면 돛대에 못 박혀 있던 그 사람이 저기 탁자에 앉아 노래를 부르고 술을 마시는 모습이 보였습니다. 그의 가까이에 쓰러져 있던, 진홍색 옷을 입은 남자가 옆에 앉아 시중을 들었습니다."

아마 여러분은 이 얘기를 들었을 때 내 기분이 어땠는지 짐작했을 것이다. 그것은 꿈이 아니었으며 나 또한 죽은 사람들의 소리를 들었던 것이다. 이들과 함께 배를 타고 간다는 생각을 하자 소름이 끼쳤다. 이브라힘은 여전히 깊은 생각에 잠겨 있었다.

"바로 그것입니다!"

이브라힘이 소리쳤다.

그가 귀신이나 마법에 효험이 있다는 글귀를 생각해 냈는데, 경험이 많고 견문이 넓으신 그의 할아버지가 가르쳐 준 것이었다. 이브라힘은 오늘밤 우리가 쉬지 않고 코란을 읊으면 우리를 덮친 이상한 잠도 물리칠 수 있을 것이라고 주장했다. 나는 그의 제안이 마음에 들었다. 우리는 마음을 졸이며 밤을 기다렸다. 선실 옆에는 작은 방이 하나 있었으며 우리는 그곳에 있기로 했다. 우리는 선실 전체를 내다볼 수 있도록 문에다 적당한 구멍을 여러 개 내고는 안에서 문을 잠갔다. 이브라힘은 방안 곳곳에 예언자의 이름을 썼다. 이렇게 우리는 무서운 밤에 대한 준비를 마치고 기다렸다. 열한 시가 되자 다시 졸음이 나를 짓눌렀다. 그러자 이브라힘이 코란의 구절을 외우라고 권했다. 효과가 있었다. 갑자기 배 위가 부산했다. 갑판 위를 오가는 발소리, 그리고 몇몇 사람의 목소리도 뚜렷이 들렸다. 몇 분을 그렇게 긴장한 채 앉아 있는데 선실로 내려오는 발소리가 들렸다. 그 소리를 듣자 이브라힘은 할아버지에게서 배운 글귀를 외웠다.

하늘에서 내려오너라.
깊은 바다에서 올라오너라.
너희 어두운 무덤에서 잠자는 자들아,
불에서 나오라.
알라는 너희 주님이시고 주인이시니,
모든 혼령들이 그분께 복종한다.

솔직히 말해 나는 이 글귀를 전혀 믿지 않았다. 그래서 선실 문이 홱 하고 열리자 머리털이 곤두섰다. 몸집이 큰 사내가 들어왔는데 돛대에 못 박혀 있던 자였다. 그의 이마에는 여전히 못이 박혀 있었지만 칼은 칼집에 꽂혀 있었다. 그 뒤로 다른 사람이 들어왔는데 앞 사람에 비해 옷이 덜 화려했다. 그 역시 갑판에 쓰러져 있던 자였다. 선장의 얼굴에는 핏기가 없었으며 검은 구레나룻으로 덮여 있었다. 그는 사나운 눈초리로 선실을 훑어보았다. 우리가 숨어 있는 방 문 앞을 지나갈 때 나는 그를 똑똑히 볼 수 있었다. 두 사람이 선실 가운데의 식탁에 앉더니 우리가 모르는 언어로 이야기를 나누었는데 부르짖는 것처럼 소리가 컸다. 소리가 더욱 커지고 격렬해지더니 마침내 선장이 주먹으로 식탁을 내리쳤다. 상대방이 껄껄 웃으며 벌떡 일어나 선장에게 따라오라고 눈짓했다. 선장도 일어나 칼을 뽑아 들고, 두 사람은 선실을 떠났다.

그들이 나가자 우리는 안도하며 숨을 내쉬었다. 그러나 우리의 두려움은 내내 끝나지 않았다. 갑판 위가 점점 시끄러워졌다. 이리저리 급하게 뛰어 다니는 소리와 고함 소리, 웃고 울부짖는 소리가 들렸다. 마침내 귀청이 터질 듯이 요란한 소리가 들려 우리는 돛과 갑판이 우리 머리 위로 내려앉는다고 생각했다. 칼날이 부딪치는 소리와 고함 소리…… 그러다 갑자기 깊은 정적이 흘렀다. 한참 뒤 우리는 용기를 내어 위로 올라갔다. 모든 게 그대로였으며 모두들 처음 보았던 모습 그대로 누워 있었다. 모두가 나무토막처럼 움직임이 없었다.

3

우리는 여러 날을 배 위에서 지냈다. 배는 계속 동쪽으로 나아갔는데 계산대로라면 그쪽에 육지가 있어야 했다. 그런데 낮에 먼 거리를 나가도 밤에 늘 제자리로 돌아오는 것 같았다. 항상 똑같은 위치에서 아침을 맞았기 때문이다. 우리로서는 밤마다 죽은 자들이 돛에 바람을 담뿍 안고 돌아온다고 설명할 수밖에 없었다. 우리는 그렇게 하지 못하도록 밤이 되기 전에 돛을 모두 끌어내리고 선실 옆방에 숨어 있을 때에 썼던 수법을 사용했다. 우리는 종이에 예언자의 이름과 코란 구절을 적어 내린 돛의 둘레에 매어 놓았다. 우리는 숨어서 초조하게 결과를 기다렸다. 이번에는 소란이 더 심한 것 같았다. 그러나 다음날 아침에 보니 돛은 우리가 접은 그대로 있었다. 낮 동안 우리는 배를 천천히 전진시키는 데 필요한 만큼만 돛을 내렸고 돛은 계속 우리가 놓아둔 대로 내려져 있었다. 그리하여 우리는 닷새 동안 꽤 멀리 항해할 수 있었다.

마침내 엿새째 되는 날, 멀지않은 곳에 육지가 보였다. 우리는 우리를 무사히 구해주신 데 대해 알라와 그의 예언자에게 감사했다. 그날 낮과 밤 동안 우리는 해안을 따라 배를 몰았다. 다음날 아침, 가까운 곳에 한 도시가 보였다. 우리는 고생 끝에 닻을 내리고 갑판에 있던 작은 보트를 바다에 띄운 뒤 도시를 향해 온 힘을 다해 노를 저었다. 반 시간이 지나 우리는 해변에 도착해 보트에서 내렸다. 도시 성문에 이르러 우리는 그곳이 인도의 도시이며, 우리가 처음 가려고 했던 지역에서 그리 멀지않은 곳이라는 것을 알았다. 우리는 카라반들이 묵는 여행자 숙소에 가서 진기한 여행의 피로를 풀었다. 나는 그곳에서 식견이 높고 마법을 조금 아는 현인을 찾아 나섰다. 사람들이 변두리의 한 소박한 집에 가서 물라이라는 분을 찾으라고 했다.

　　집 안에 들어서자 흰 수염에 코가 긴 난쟁이 노인이 나를 맞으며 무슨 일로 찾아왔느냐고 물었다. 현자 물라이를 찾는다고 말하자 노인은 바로 자기라고 대답했다. 나는 시체 때문에 골치가 아프다고 하며 배에서 시체를 치울 수 있는 방법을 알고 싶다고 말했다. 그러자 물라이는 그 뱃사람들이 악행을 저질러 바다를 떠나지 못하는 마법에 걸린 것 같다고 대답했다. 시체들을 육지로 데려오면 마법이 풀리는데, 그러려면 시체들이 누워 있는 판자들을 뜯어내야 한다는 것이었다. 또 신의 뜻이나 법적으로 그 배와 모든 물품들은 내가 발견한 것이므로 나의 소유라고 알려주었다. 그러나 노인은 이 이야기는 아무에게도 하지 말 것이며 내 재산에서 조금만 자기에게 달라고 했다. 그러면 자신의 노예들을 데리고 가서 시체를 치워 주겠다고.

나는 물라이에게 후히 사례하겠다고 약속했다. 그는 노예 다섯에게 톱과 도끼를 들려 보냈다. 그리고 우리가 코란의 글귀를 돛에 붙인 것은 좋은 생각이었다고 칭찬하며 그것이 우리가 살 수 있는 유일한 방법이었다고 말했다.

4

새벽 무렵 우리는 배에 도착했다. 우리는 곧바로 일을 시작해 한 시간 만에 시체 네 구를 보트로 옮겼다. 몇몇 노예들은 시체들을 땅에 묻으러 육지로 노를 저어 갔다. 그들은 돌아와서 시체들을 땅에 눕히자마자 먼지로 변해 버렸기 때문에 굳이 땅에 묻을 필요가 없었다고 알려주었다. 우리는 시체가 붙어 있는 갑판을 계속 잘라 내어 저녁이 되기 전에 모두 뭍으로 보냈다. 이제 돛대에 못 박힌 선장만 남았다. 우리는 돛대에서 못을 뽑으려 했지만 헛수고였다. 아무리 용을 써도 못은 한 치도 움직이지 않았다. 나는 어찌할 바를 몰랐다. 그렇다고 돛대를 톱으로 썰어 뭍으로 옮길 수는 없었다. 이렇게 쩔쩔매고 있는데 물라이가 도와주었다. 그는 한 노예를 뭍으로 보내어 항아리에 흙을 담아 오라고 일렀다. 노예가 흙을 가져오자 그는 뭐라고 모르는 말을 중얼대더니 죽은 사람의 머리칼에 흙을 뿌렸다. 곧 죽은 사람이 눈을 뜨고 깊은 숨을 들이쉬었으며, 이마의 상처에서는 피가 흐르기 시작했다. 이제는 이마의 못이 쉽게 빠졌다. 한 노예가 그를 팔에 안았다.

어느 정도 원기를 되찾자 그가 물었다.

"어느 분이 나를 이곳에 데려왔습니까?"

물라이가 나를 가리켜 나는 그에게 다가갔다.

"서로 만난 적도 없고 알지도 못하는 분이 오랜 고통에서 나를 구해주시다니, 정말 고맙소. 내 몸은 바다를 헤매고, 밤이 되면 영혼이 그 안으로 돌아오는 일을 오십 년 동안이나 되풀이했소. 하지만 이제 내 머리가 흙에 닿았으니 나는 고이 조상님

께 갈 수가 있게 되었소."

나는 그가 어떻게 이런 끔찍한 지경에 이르렀는지 말해 달라고
청했다. 그러자 그가 말을 시작했다.

"오십 년 전 나는 존경받는 권력자로서 알제리(아프리카 대륙의
북서부 지중해 쪽에 있는 나라)에서 살았소. 그러나 더 많은 이익
을 얻을 욕심으로 나는 이 배를 사서 해적질에 나섰소. 그리고 한
동안 그 일을 계속했지요. 어느 날 나는 잔테 섬(그리스 서해안 먼
바다의 섬으로 자킨토스라고도 부른다.)에서 데르비시(극도의 금
욕 생활을 서약한 이슬람교 집단의 일원) 한 사람을 공짜로 배에
태워주었습니다. 나와 내 부하들은 거친 사람들이어서 그분의 고
결함을 존중하지 않고 오히려 그를 놀려댔지요. 어느 날 술을 마신
때였습니다. 그가 나의 잘못된 삶을 지적하자 노여움이 걷잡을 수
없이 타올랐습니다. 나는 술탄(회교국 왕)도 함부로 내게 말을 못
하는데 이 데르비시가 한 말을 듣고 화가 나서 갑판으로 올라가 그
의 가슴에 칼을 꽂아 버렸어요. 그는 나와 내 부하들에게 저주하며
죽었어요. 우리의 머리가 땅에 닿기 전에는 죽을 수도 살 수도 없
을 거라고요. 그가 죽자 우리는 시체를 바다에 던져 버렸고 그의
말에는 코웃음을 쳤지요. 그러나 그날 밤 그의 말은 현실이 되었어
요. 내 부하 가운데 일부가 내게 반란을 일으켰어요. 맹렬한 싸움
이 벌어졌는데 결국 내 부하들은 모두 쓰러지고 나는 돛대에 못 박

히는 신세가 되었어요. 그러나 적들도 싸움에서 입은 상처 때문에 곧 죽었으며 배 위에는 온통 시체들뿐이었죠. 나 또한 눈이 흐려지더니 숨이 멎었어요. 나는 죽는다고 생각했지요.

그러나 다음날 밤, 같은 시간, 즉 우리가 그 데르비시를 바다에 던져 버린 시간에 나와 내 부하들은 다시 깨어났습니다. 그러나 우리는 그날 밤에 말하고 행한 것 외에 다른 것은 아무것도 할 수 없었어요. 이렇게 우리는 오십 년 동안, 죽지도 살지도 못한 채 항해를 계속했습니다. 육지에 오를 수 없었냐고요? 폭풍우를 만나면 우리는 신이 나서 돛을 다 올리고 달렸지요. 이제 지친 머리를 바다 밑에 눕힐 수 있도록 배가 암초에 부딪쳐 부서지길 바란 것이지요. 하지만 우리 바람대로 되지 않았습니다. 그러나 마침내 나는 이제 죽는군요. 처음 보는 은인, 다시 한 번 감사합니다! 재물로 당신께 보답할 수 있게 해주시려면 내 배를 감사의 표시로 받아주십시오."

선장은 이렇게 말하고 머리를 떨군 채 숨을 거두었다. 그와 동료 선원들이 순식간에 먼지로 변했다. 우리는 그것을 작은 상자에 담아 땅에 묻어 주었다. 나는 시내에서 일꾼들을 사서 배를 완전하게 손질했다. 나는 배에 있는 물건을 다른 물건과 바꾸어 큰 이익을 남겼다. 나는 선원들을 고용하고 친구 물라이에게 후하게 사례한 뒤에 귀향길에 올랐다. 그러나 곧바로 가지 않고 여러 나라를 들러 물건들을 팔았다. 가는 길마다 예언자가 옆에서 도와주셨다. 아홉 달 뒤, 나는 죽은 선장 덕분에 큰 부자가 되어 발소라에 도착했다. 고향사람들은 내 행운과 부에 깜짝 놀라며 내가 유명한 모험가 신 밧드의 다이아몬드 계곡을 찾아낸 거라고 생각했다. 나는 그들이 어떻게 생각하든 그대로 내버려 두었다. 그러나 그때부터 발소라의 젊은이들이 열여덟 살이 되면 나처럼 행운을 찾아 바깥세상으로 떠나야 했다. 나는 조용히 평화롭게 살았으며, 알라께 감사하고 선장과 선원들이 천국에 가게 해달라고 기도하기 위해 오 년에 한번은 메카(예언자 마호메트의 탄생지로 이슬람 최고의 성지. 사우디아라비아에 있다.)를 찾았다.

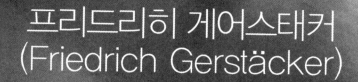

프리드리히 게어스태커
(Friedrich Gerstäcker)

- 안데스 산맥을 넘어라
- 금괴
- 존 웰스

프리드리히 게어스태커(Friedrich Gerstäcker)

프리드리히 게어스태커는 1816년 5월 10일 함부르크에서 태어났다.

스물한 살 때 미국으로 건너가 화부, 선원, 사냥꾼, 벌채꾼으로 일하며 여섯 달 동안 북아메리카를 돌아다녔다. 이 시기에 최초의 여행기가 출판되었다. 그는 이후 잠시 독일에 머물다가 1849년부터 1852년까지 4년간 남아메리카, 캘리포니아, 하와이, 호주를 여행했으며 그 후 다시 아메리카 대륙 전역을 돌아다녔다. 그 당시 이미 작가로 명성을 떨쳤다. 1862년에는 이집트와 에티오피아에까지 견문을 넓혔다.

그의 소설에는 이렇게 여러 대륙을 여행하며 얻은 생생한 경험과 여러 민족들의 이야기가 흥미진진하고 다채롭게 서술되어 있다. 그는 1872년 5월 31일 브라운슈바이크에서 사망했다.

안데스 산맥을 넘어라

1

▌1845년 9월, 영국과 프랑스 연합군 전함들이 라 플라타(La Plata. 1882년 아르헨티나의 동부 부에노스아이레스 주에 건설된 주도로서 무역항이 있다.)에서 아르헨티나 전함을 물리치고 부에노스아이레스 항을 봉쇄했다. 그들은 군인들을 상륙시켜서 아르헨티나 장군이 점령하고 있던 작은 항구들도 점령하였으며 일시적이나마 독재자 로사스(Rosas)의 영향력에 손상을 입혔다.

로사스(후안 마누엘 데 로사스(Juan Manuel de Rosas) ; 1793. 3. 30~1877. 3. 14 아르헨티나의 독재자.)는 분통을 터뜨리며 적들을 해적처럼 다루라는 명령을 내렸다. 그때 그가 마음대로 권력을 휘두를 수 있었다면 그의 적들은 더 많은 고생을 했을 것이다. 하지만 그는 여전히 영국과 프랑스 연합군을 두려워하고 있었다.

그는 영국인과 프랑스인, 특히 유니테리언교도(삼위일체론을 부정하고 신격의 단일성을 주장하는 기독교의 한 파)와 은밀한 관계를 맺고 있는 자들을 가장 가혹하게 다루었는데, 주로 짐작에서 비롯된 것이었다. 그의 관료들은 부에노스아이레스를 돌아다니며 수상한 자들의 집들을 점령하고 그들이 정말 죄가 있는지 없는지 확인하지도 않고 가족이 보는 앞에서 죽였다. 그런 다음 집 앞에서 불꽃을 쏘아 올리면 경찰이 시체를 가져갔다.

그 당시 빅토리아 광장에서는 참수된 머리들로 말미암아 밤낮으로 끔찍한 광경이 펼쳐졌다. 바야흐로 독재자 로사스에게 가장 신뢰받는 친구라도 집문을 두드리는 소리가 나면 심한 두려움에 심장이 멈추던 때였다. 한 마디로 저 무자비한 자 말고는 아무도 안전하지 않았다. 그는 오로지 무자비한 방법으로 권력을 유지하고 나라를 지배할 수 있었으며 그로 인해 수많은 적을 죽였다.

그러나 그의 적은 부에노스아이레스 뿐만 아니라 지방에도 있었다. 특히 안데스 산맥의 기슭에 있는 멘도사(Mendoza ; 서부는 안데스산맥이 칠레와 국경을 이루고 동부에는 사막이 펼쳐져 있다.) 지역은 유니테리언교도들에게 우호적인 듯 보였다. 특히 자기네 함대가 수도의 항구를 봉쇄한 지금 그들은 모든 인권과 문명사회의 법들을 무시한 로사스 정부에 대해서 터놓고 생각을 표현했다.

엘링턴이라는, 얼마 전에 멘도사 출신의 여자와 결혼한 젊은 영국인이 있었는데 그의 아버지는 거의 모든 재산을 독재자의 명령에 의해서 빼앗겨 버렸다. 그는 영국 함대가 자신의 목숨을 보호해 줄 것이라고 굳게 믿고 자신들이 처한 상황에 대해 큰 소리로 비판하였다. 그의 아버지와 그의 젊은 부인이 그에게 조용히 있으라고 부탁했지만 아무 소용이 없었다. 엘링턴은 친구인지 아닌지 긴가민가한 사람들 앞에서도 더 이상 견딜 수 없는 공공연한 폭력 상황을 종식시키려면 주민들이 그들을 이곳 서부에서 남부 해안으로 몰아내야 한다고 주장했다. 그뿐 아니라 그는 도피중인 유니테리언 여러 명을 집에 숨겨두고 있었으며, 이들 박해자들을 구출할 방법을 찾을 때까지 아르헨티나 경찰이 들어오지 못하게 했다.

그때까지 그는 자신의 국적 덕분에 간신히 독재자의 추적을 피할 수 있었다. 그러나 독재자는 공개 재판이 아닌, 다른 방법으로 그를 제거할 수 있었다. 곧 그를 덮쳐 해치울 듯한 기세로 엘링턴의 머리 위로 검은 구름들이 모여들고 있었다. 그에게는 아직 내놓고 그를 돌봐주는 진정한 친구들이 몇 명 있었다. 이들이 그에게 아주 간절히 충고했지만 그는 들은 체도 하지 않았다.

1846년 6월이 되었다. 엘링턴의 생사여탈권을 손에 쥐고 있는 자가 인내하는 만큼 엘링턴의 조심성은 줄어들며 위험한 관계를

넓혀갔다. 심지어 그는 유니테리언 문제로 도움을 청했던 칠레와
도 제법 활발하게 연락을 주고받았다. 이제 독재자가 무너지는 것
은 확실해 보였다. 그런데 어느 날 밤 엘링턴의 처남인 돈 호세가
몹시 당황한 얼굴로, 완전히 도주할 준비를 갖춘 채 그의 집에 찾
아와 지금 이 순간 두 사람의 목숨이 몹시 위태롭다고 알려주었다.
로사스가 부에노스아이레스에서 부하들을 멘도사로 보냈으며 금
방이라도 폭군의 손에 잡힐 수 있다는 것이다.

지금 그들이 살 수 있는 유일한 길은 당장 빨리 도망가는 것뿐이
었다. 처음에는 위험이 그렇게 가까이 있다고 믿지 않아 엘링턴은
영국 영사관으로 가려고 했다. 그곳에는 로사스가 감히 폭력을 행
사하지 못할 것이기 때문이었다. 그러나 그는 마침내 처남의 독촉
과 겁에 질린 아내의 부탁을 거부할 수 없었다.

그의 아버지도 독재자의 손아귀를 피해 그들과 함께 달아나야
했다. 그들은 서둘러 돈, 무기, 식량을 챙겨 그야말로 마지막 순간
에 집을 떠났다. 10분도 지나지 않아 집의 모든 문들이 외부로부
터 점령되고, 붉은 옷을 입은 자들이 손에 무기를 들고 거친 소리
를 지르며 비어 있는 방들을 뒤지고 다녔던 것이다.

우선은 독재자의 칼날에서 벗어났지만 도주자들의 상황은 좋지
않았다. 멘도사를 에워싼 드넓은 팜파스(Pampas) 대초원을 통과
하는 기나긴 도주는 불가능해 보였다. 그리고 안전한 칠레까지 거

리는 짧았지만 그 사이에는 눈 덮인 대산맥이 놓여 있었다. 폭풍이 거세게 부는 이 계절에 좁은 계곡으로 들어가려면 죽음을 각오해야 했다. 그러나 그들이 살 수 있는 길, 목숨을 부지할 수 있는 가능성은 안데스 산맥을 넘는 것뿐이었다. 로사스의 부하들에게는 어떤 동정심도 기대할 수 없었기 때문이다. 산맥으로 가는 길은 아침까지 차단된다고 했다. 그래서 돈 호세는 일행을 곧장 언덕으로 이끌어 그 기슭에 도착했다. 이제 그들은 - 겨울인데도 - 그곳에서 산맥을 넘어갈 산길을 찾을 수 있기를 바랐다.

그들은 운이 좋았다. 첫 번째 계곡에서 작은 산막뿐만 아니라 페온(peon : 아르헨티나 삯꾼) 두 명을 만났던 것이다. 이들은 산길을 구석구석 잘 알고 있으며 돈만 두둑이 준다면 안데스 산맥을 넘도록 도와주겠다고 했다. 돈 호세가 로사스의 부하들에게 쫓기는 신세라고 털어놓았지만 이들은 기꺼이 길잡이가 되겠다고 했다. 그들은 웃으며 자신들이 아르헨티나 사람이라고는 하지만 본디 저 건너 칠레 쪽 사람이며, 신사숙녀 분들께서 쫓기는 것이 두렵다면 추격자들은 좀처럼 말에서 내리지 않으려 할 테니 이들을 따돌릴 만한 길로 가야 한다고 말했다.

아침이 되기도 전에 두 마리 노새가 준비되었다. 한 마리는 엘링턴 부인이 타고 다른 노새는 늙은 엘링턴 씨가 탔으며 필수 식량도 실었다. 그들은 산막이 있는 작은 계곡을 따라 위로 올라가 어두워질 무렵에 산줄기가 시작되는, 눈이 쌓인 꼭대기에 도달하였다. 엘링턴 일행은 그곳을 지나 침침한 별빛에 의지해 다시 다른, 따뜻한 계곡으로 내려갔다.

여기에서 대산맥은 뚜렷이 남북으로 뻗은 두 산줄기로 갈라졌다. 팜파스 가장자리의 첫 번째 산줄기와 주봉 사이에는 좁은 계곡 하나만 있었으며 매우 가까웠다. 그러나 매우 높은 곳에 있어 위도는 낮았지만 겨울 내내 눈으로 덮여 있었다. 한편 같은 계곡에서 솟아오른 거대한 대산맥은 바위로 된 발을 내딛은 채 눈과 얼음이 뭉쳐진 다부진 몸매를 뽐내고 있었다. 또 엄청나게 높은 곳에서 계류까지 세차게 쏟아지고 있어 그것을 거슬러 올라갈 수 있는 곳은 몇 군데뿐이었다. 나머지 산들은 구름 높이로 벽처럼 치솟아 있어

오를 수가 없었다.

몇몇 산길들이 있었지만 겨울에는 노새를 타고 한 마장 정도만 나아갈 수 있었으며, 그 다음부터는 걸어서 길을 계속 찾아야만 했다. 바로 밑에 입을 벌리고 있는 구렁텅이 위를 불안하게 걸어간다는 것은 죽음을 의미하며, 조금이라도 녹은 눈을 맞으면 그 낙하무게로 깊은 구덩이로 떨어질 가능성이 높았다.

그러나 두 길잡이들은 이곳을 구석구석 잘 알았다. 북쪽으로 쭉 뻗은 계곡 길을 따라가자 다음날 곧 산길 하나가 나타났다. 원래 여름에만 이용하는 길이지만 지금 겨울에도 지나갈 수 있기를 바랐다. 여기서는 계속 추적 받을 염려가 거의 없었다. 하지만 그런 기대는 맞지도 않았다. 그 좁은 길은 엄청난 눈사태로 완전히 사라져 버려서 찾을 수가 없었다. 그들이 이 길을 헤치고 통과하려면 일주일 정도 걸릴 것이다. 그 다음에는 그들이 어느 방향으로 도망치고 있는지를 전혀 모르고 있을 추격자들에 의해 이 정도 위치에서 추월을 당할 위험이 더 커졌다.

여기서는 깊이 생각하는 것이 아무 도움이 되지 않았다. 그들은 서둘러 방금 지나온 길을 통해 다시 계곡으로 돌아왔다. 그곳에는 노새들이 먹을 것이 충분했다. 그들은 추격자들이 그들의 자취를 찾기 전에 투쿤자도(Tucunjado)라고 부르는 계류에 닿으려고 했다. 덧붙여 하는 말인데, 상황이 위험할 수도 있으므로 추격자들

의 수는 많을 수밖에 없었다. 가우초(Gaucho ; 남미의 카우보이)란 대초원 팜파스에 사는 목동을 일컫는데, 이들은 무기를 지니는 일이 없거나 매우 드물었기 때문이다. 이들은 또 무기를 올바로 사용할 줄도 몰랐다. 이와는 달리 두 영국인은 좋은 총을 여러 자루 갖고 있었으며 아르헨티나 길잡이들은 자신들에게 익숙한 긴 칼을 갖고 있었다. 이들은 – 그 당시에는 더욱 그랬다 – 집을 나설 때 꼭 칼을 갖고 갔다.

대산맥의 높은 곳에서 아래로 떨어진 계류의 물은 북쪽에서 흘러온 큰 강과 합류하고, 그러다가 투쿤자도 어귀에서 탁 트인 평지로 흘러든다. 여기에 작고 평화로운 한 농장이 있었는데 눈 덮인 설산이 우뚝 둘러싸고 있지만 그것이 세찬 남서풍을 모두 막아주는 덕분에 매우 따뜻했으며 아르헨티나공화국의 세관출장소로 쓰이고 있었다. 여름에는 관세를 지불하기 위해 많은 상인들이 그곳을 거쳐갔다. 그러나 겨울에는 눈 때문에 칠레와의 교통이 대부분 중단되는 까닭에 매우 한적했으며, 작은 농장에는 눈이 녹아 길이 터질 때까지는 몇몇 산골주민들과 억센 개 여남은 마리가 어슬렁거릴 뿐이었다. 지금 그곳에는 늙은 사냥꾼 부부가 홀로 살고 있었으며, 풀로 무성한 그곳은 지친 동물들에게도 아주 잘 알려져 있어 멀리서도 찾아왔다.

이곳에 진입하기에 앞서 간단한 전략회의가 열렸다. 그리고 만장일치로 먼저 아르헨티나 삯꾼 한 사람을 미리 보내어 추격자들이 여기까지 왔는지 알아보게 하자는 결정이 내려졌다. 만일 그럴 경우 그들은 지금 있는 곳에서 밤까지 기다렸다가 어두워지기 시작하면 계류의 오른쪽 물가에서 – 가능할지 모르지만 – 바위벽을 타고 강을 건너서 왼쪽 강가에서 물줄기가 시작되는 곳 근처까지 이어진 좁은 샛길을 찾아갈 셈이었다.

삯꾼 중에서 나이가 지긋하고 얼굴은 거칠지만 영리하게 반짝이는 두 눈을 가진 사람이 이 일에 뽑혔다. 그는 떠난 지 두 시간 만에 나타나 건물 안에 총 11명이 있는데 잠시 투쿤자도로 나가 도망자들이 아직 이 길을 지나가지 않았음을 확인하고 막 돌아온 것 같다고 보고했다. 이어서 다음날 아침이면 틀림없이 계곡을 샅샅이 뒤질 테니 행동이나 계획에 다른 선택의 여지는 없으며 살 수 있는 가능성은 밤에 세관을 우회하여 젖 먹던 힘까지 다해 빨리 앞으로 가는 것뿐이라고 말했다.

설선(雪線 ; 높은 산에서 사철 눈이 녹거나 녹지 않은 곳을 구분하는 경계선)에 도착하면 그들은 노새에서 내려 노새를 돌려보낼 생각이었다. 머리 좋은 동물들은 돌아가는 길을 혼자서 쉽게 찾았다. 산등성이가 갈라지는 지점에 도착하면 안심해도 좋을 것이다. 로사스가 칠레의 국경을 넘어오려고 하진 않을 것이기 때문이다.

밤은 상당히 어두웠으며 농장을 우회하는 일은 아주 잘 되었다. 그들은 아침이 되기 훨씬 전에 왼쪽 강가에 나 있는 좁은 산길에 도착했다. 물은 얕았다. 그러나 여기서 날이 밝아 해가 그들을 도와줄 때까지 기다려야만 했다. 그런 길을 캄캄한 밤에 걷기란 불가능했던 것이다. 동이 트자마자 그들은 걸음을 계속했다. 잠깐 쉰 덕분에 엘링턴 부인도 새로 힘이 솟는 것을 느꼈으며 그녀의 입에서는 푸념 한 마디 나오지 않았다.

그러나 산을 가로지르는 데 가장 어려운 구역은 앞에 있었다. 눈 위를 걷기 시작하면서부터 젊은 부인과 노인의 체력은 점점 약해졌다. 어둠이 깔리는 저녁, 그들은 작고 지저분한 산막에 도착하였다. 구멍이 문을 대신했으며 얼어붙은 바닥 말고는 아무것도 없었다. 힘없고 연약한 여자에게는 한 걸음만 더 나아가는 것도 불가능했을 것이다. 그러나 그들 모두는 15분 간의 휴식이 죽음을 의미할 수 있음을 알고 있었다.

저녁 10시경이었다. 하늘은 맑고 별들이 총총했다. 일행은 너무나 지친 나머지 산막에 불도 피우지 못하고 이불을 감싼 채 한 시간쯤 잠이나 휴식을 취하려고 서로 꼭 붙어 누워 있었다. 적이 환한 눈길을 올라오면 반드시 알아챌 수 있는 좁은 길목에서 젊은 삯꾼이 보초를 섰다. 그는 좁은 길을 지켜보고 있었다. 조금이라도 위험한 낌새가 보이면 자는 사람들을 깨울 셈이었다. 산막에서 발

걸음 소리가 들리더니 몇 분 뒤 나이가 든 삯꾼 펠리페가 그의 옆에 나타났다. 그는 몇 분 정도 그의 옆에 서 있다가 이윽고 나직이 젊은이에게 물었다.

"자네, 우리가 하는 일을 어떻게 생각하는가?"

젊은이가 대답했다.

"내일 우리가 그 여자를 업고 눈 위를 걸어야 할지도 모른다고 생각하니 정말 짜증이 나요. 그녀는 이제 걸을 수가 없어요. 거기다 독재자의 부하들이 우리를 따라잡으면 곧바로 우리 목이 위험해지잖아요. 그에겐 농담이 통하지 않아요. 저는 우리가 이 일에 엮여 들지 않았으면 좋겠다고 생각했어요."

"이봐, 나도 이젠 이 일이 싫네. 그리고 몇 푼 안 되는 돈 때문에 그런다면 사실 아주 멍청한 짓이지. 만약 우리가……."

나이 든 삯꾼이 그의 어깨에 팔을 얹으며 말했다. 그러면서 도망자들 가운데 한 사람이 깨어나 옆에 와 있는지 조심스럽게 돌아보았다.

"우리가 뭐요?"

젊은이가 물으며 나이 든 동료를 쳐다보았다.

펠리페가 얼른 화난 말투로 말했다.

"이제부터 협력하지 않으면 된다고. 다들 유니테리언이잖아. 공화국으로 돌아오면 절대 안 되는 자들이야. 또 내가 보기에는 저기

남서쪽 하늘도 심상치 않아. 여기서 폭풍을 만나면 우리는 끝장이
야. 난 당장 돌아갈 거야. 자네도 같이 갈 텐가?”

젊은이가 웃었다.

“제가 마음에 품고 있던 생각을 알아맞히셨네요. 어떻게 산들을

넘을지 영국인이 알기나 할까……. 참, 우리 식량을 산막에 남겨
두고 왔어요. 그러니 먹을 것이 아무것도 없다고 불평하진 못하겠
죠. 자, 시간이 흘러가고 있어요. 또 여기는 지독히도 춥고. 우리
가 빨리 달려가면 내일 아침에 농장에 도착할 수 있어요."

"저 앞의 눈에서 무슨 소리가 난 것 같은데, 또 났어."

이때 갑자기 나이 든 삯꾼이 말하며 팔을 들어 햇빛을 받아 번득
거리는 눈을 가렸다.

"저도 무슨 소리를 들었어요."

젊은이는 신발을 더 꽉 조였다.

"약 30분 전에 내 앞을 가로질러 물 있는 데로 동물이 뛰어갔는
데 아마 그놈인지도 몰라요. 이렇게 눈이 쌓여 있는 곳으로 가우초
들을 보냈다면 로사스가 우리들을 체포하는 데 높은 포상금을 건
것이 틀림없어요."

그는 신발을 제대로 고쳐 신고서 큰소리로 말했다.

"이제 됐어요. 그런데 우리가 여기까지 오면서 제법 많은 돈을
받은 셈이네요."

펠리페는 아무 말도 하지 않고 위에 남겨두고 온 사람들 쪽을 돌
아보며 귀를 쫑긋했다. 그들은 자기네를 무척이나 신뢰했으며 길
잡이에게 버림받았다는 사실을 모르고 있었다. 펠리페와 젊은이는
가능한 일찍 따뜻한 계곡에 닿을 수 있도록 깊이 쌓인 눈을 헤치며

성큼성큼 걸어갔다.

"저, 펠리페, 뒤에서 누가 우리를 부르지 않나요?"

젊은이가 갑자기 멈춰서며 말했다.

"신경 쓰지 마!"

나이 든 삯꾼이 걷는 속도를 높이며 말했다.

"그들이 소리 지르게 그냥 내버려 둬, 하지만 사정거리를 벗어나도록 해."

그의 말은 여기서 강제로 중단되었다. 그의 옆, 눈 속에서 갑자기 웬 사람이 뛰어나와 그의 목을 노리고 덤비는가 싶더니 곧장 그를 땅에 내동댕이쳐 버렸던 것이다. 너무 순식간에 일어나는 바람에 그가 자신의 칼을 잡을 생각조차 하지 못했으며 그렇게 쓰러진 채 꼼짝도 하지 못했다. "도와줘!" 하고 외치고 싶었지만 첫소리를 내자마자 칼이 눈앞에서 번득였으며, 소리 또한 그의 입술에 말라붙어 버렸다. 공격자는 아무 말도 하지 않았다. 소리 없이, 엄청난 힘으로 그를 땅바닥에 대고 눌렀다. 몇 분이 지났을까, 누가 오는 소리가 들렸다. 펠리페는 사람들이 그를 붙잡아 들어올리는 것을 느꼈다. 그들은 가까운 바위에 둘러섰다. 어찌된 영문인지 놀랍게도 그의 옆에는 젊은 동료가 서 있었다. 그 역시 똑같이 이곳으로 옮겨졌던 것이다.

첫 번째 공격자가 나직이, 위협적인 목소리로 말했다.

"친구, 자네는 우리에게 농담이 통하지 않다는 것을 알 만한 나이 아닌가? 소란 떨지 말고 우리에게 자네가 알고 있는 것을 말하라고. 자신이 어떻게 될지 걱정할 필요는 없어. 그러나 단 한 번이라도 도망치려 하면 그 자리에서 죽게 될 거야."

나이 든 삯꾼은 팔이 자유롭지 못하다고 느꼈지만 자기도 모르게 칼을 잡았다. 낯선 사내는 이런 움직임을 알아채고 찬웃음을 지었다.

"그건 우리가 잘 보관하고 있지. 있어봤자 지금은 자네에게 해가 될 뿐이야. 우리는 모르는 게 없지. 우리 칼이 오래도록 자네들 몸속에 없었으니 두 사람이 기뻐할 만한 일 아닌가."

"우리가 무엇 때문에?"

나이든 삯꾼이 얼른 정신을 차리고 지금 자신이 처한 상황에서 가능한 한 큰 이익을 얻어낼 셈으로 물었다.

"우리는 오늘밤 소리로 자네들이 우리 가까이 있는 것을 알고 도움을 주려고 왔네. 무엇 때문에 그런지 아는가? 그러나 자네들 수가 이렇게 많은 줄은 몰랐네."

그는 천천히 말을 이어가면서 시선을 들어 위협적인 자세로 자신을 에워싸고 있는 열네다섯 명을 재빨리 훑어보았다.

"하지만 우리가 필요하지 않다고 우리가 죽어야 한다는 말은 아니겠지."

가우초의 두목이 웃으며 말했다.

"너희들은 믿음이 가지 않아. 그렇지만 지금은 진실을 말하는지 보고 싶군. 무엇보다 내 질문에 대해 짧고 성실하게 모든 것을 대답하도록. 우리는 거짓이나 불확실한 말을 들을 시간도 마음도 없네. 자! 탈주자들이 총이나 다른 쓸 만한 무기를 갖고 있나?"

"그런 셈이지."

펠리페가 대답했다.

그로선 비밀로 해야 할 이유도 없었지만 위험한 상황에서 일이 꼬이지 않게 하고 두목의 기분을 맞추려고 그렇게 했다.

"그들의 무기는 좋지만, 젊은 영국인을 제외하고 그들 가운데 그것을 사용할 줄 아는 사람이 있는 것 같진 않아. 돈 호세의 경우, 권총을 쏠 줄만 알지 총을 쏘고 나서는 새 총알을 다시 장전하지도 못해."

"그들의 무기는 어디에 있지?"

가우초가 되물었다.

"땅바닥 옆자리에 있어."

펠리페가 대답했다.

"그러면 그것을 사용할 수 없게 할 수는 없는가?"

"사용할 수 없게?"

삯꾼이 말했다.

"젊은 녀석은 한쪽 눈을 뜨고서 자며, 권총은 언제라도 쏠 수 있도록 손에 쥐고 있어. 지금쯤 그가 보초를 서고 있는 게 틀림없어. 그러니 아무도 몰래 산막으로 들어갈 수 없다고."

"좋아!"

가우초가 잠시 생각을 하다가 말했다.

"나는 자네들이 내게 진실을 말했고 로사스 편에 있었다는 것을 증명할 기회를 주겠다. 자네들 가운데 한 명은 – 나이 든 사람이 제일 좋겠지 – 지금 전혀 아무 일도 없었던 듯이 산막으로 돌아가게. 어디서 무슨 소리가 나서 그곳에 갔다왔다고 간단히 대답해. 아무 이상 없다는 듯이 잠자리에 누워 있다가 그 자들이 다시 잘 때 무기를 빼앗도록. 가능하다면 먼저 영국인을 죽이는 것이 가장 좋을 거야. 그러면 무기를 갖고 도망칠 때 위험도 반으로 줄어들고, 우리가 뒤치다꺼리하기도 쉽겠지."

"그렇게 하면 우리는 무엇을 받게 되지?"

나이 든 삯꾼이 물었다.

"아, 목숨을 선물로 받는데 또 보수까지 받고 싶다?"

가우초가 웃으며 말했다.

"이봐, 늙다리, 요구가 지나치잖아? 그러나 좋아. 자네들이 그 이방인들을 죽이면 우리가 그들에게서 얻은 것들 가운데 일부를 나눠 주지. 하지만 어서 서둘러. 시간이 가고 있어. 일을 잘 처리하고 아침에 돌아가는 길에 보자고."

"알았네."

나이 든 삯꾼이 생각에 잠긴 채 말했다.

"그렇다면 내가 가선 안 되고 내 동료 페드로가 산막으로 돌아가야 할 것 같네. 나는 방금 그와 보초 교대를 하러 왔으니 그 아닌 내가 다시 돌아가면 이방인들이 매우 이상하게 여길 거네."

"그러면 우리 둘이 가지요."

페드로가 재빨리 말했다.

"잘 한다, 잘 해."

가우초가 웃으며 그의 말을 끊었다.

"우리는 만약을 대비해 너희들 중 한 명을 이곳에 남겨둘 거야. 혹시 아나, 자네들이 이방인들을 위해 우리를 배반할지? 그래, 네가 가는 것도 괜찮아. 더구나 넌 저 늙다리보다 잽싸고 민첩하지. 서둘러. 2분이 지나도 네가 여기 있으면 네 코와 귀를 잘라 투쿤자도로 던져 버릴 거야. 어서 떠나. 벌써 30분이 지났다."

가련한 삯꾼은 가우초가 한 말이 진심이라는 것을 조금도 의심하지 않았다. 이 무자비한 자들은 그저 재미 삼아 다반사로 끔찍한 짓을 저질렀던 것이다. 페드로는 이 사람들을 잘 알았다. 그는 떠나기 전에 두목에게 자신이 돌아오거나 혹은 총을 쏴서 신호할 때까지 신중히 기다려 달라고 부탁했다. 그러고서 돌려받은 칼을 집어 들고 서둘러 가까운 암벽을 지나 어둠 속으로 사라졌다.

2

두 삯꾼이 몰래 이탈해 있는 시간에 찰스 엘링턴은 이제나저제나 하고 임무를 마친 보초가 돌아오기를 기다렸다. 벌써부터 일어나려고 했으나 매서운 추위와 옆에서 자고 있는 사람들을 방해하고 싶지 않아 그대로 누워 있었다. 그러나 결국 삯꾼 한 명이 여전히 돌아오지 않자 조용히 이불에서 빠져나와 추위에 더 잘 견딜 수 있도록 외투로 몸을 감쌌다. 그는 잠시 서서 귀를 기울였지만 깊은 계곡 아래에서 흐르는 물소리만 들릴 뿐 밤의 정적을 깨는 생물의 소리는 없었다. 그런데 건너편 암벽에 뭔가 있었다. 여기서 달아난 동물 한 마리겠지.

"펠리페!"

그는 처음에 조심스럽게 소리를 낮추어 불렀다. 그러다가 나중에는 더 큰 소리로 불렀다.

"펠리페!"

아무도 대답이 없었으며 어떤 소리도 들리지 않고 사람의 그림자도 보이지 않았다. 언뜻 사람의 목소리를 들었다고 생각했는데 착각인 것 같았다. 그는 문득 무서운 사실을 깨달았다. 길잡이들이 달아난 것이다! 이제 이쪽에 두 사람이 줄었으니 전보다 힘이 훨씬 약해진 것은 물론 배신한 두 길잡이 때문에 큰 위험에 빠진 것이다. 아르헨티나 쪽 산맥에서 보내는 순간마다 파멸이 덮칠 수 있었다.

이제 단호한 행동이 필요했다. 별 도리가 없으면 자신의 힘으로 산맥을 넘는 길을 찾을 생각이었다. 앞에 놓인 투쿤자도의 좁은 계곡은 쭉 따라가기만 하면 되었다. 아래로 내려갈 때 깊이 쌓인 눈에 빠질 수 있어 더 위험했다. 하지만 그들이 독재자의 부하들에게 잡혀서 꼼짝없이 죽음을 당하는 것보다는 이 위험을 감수하는 것이 나았다. 다른 수가 없었다.

그는 얼른 돈 호세를 깨워 불길한 추측들을 간단히 알려주었다. 돈 호세도 당장 도망쳐야 한다고 말하고는 가엾은 엘링턴 부인을 누추한 자리에서 일으켰다. 그녀는 몇 시간 동안 잘 쉬었다고 말하고 가는 길에 짐이 되지 않겠다고 다짐했다.

몇 분 뒤 모두들 산행을 계속할 준비를 마쳤다. 엘링턴은 내내 자신들이 올라온 계곡 쪽에 귀를 쫑긋하고 있었는데 갑자기 삯꾼 한 명이 돌아오는 것 같다고 외쳤다.

"오 하느님!"

젊은 부인이 두 손을 모으며 말했다.

"그들이 우리를 배신한 것이 아니었네요. 우리가 괜히 불안해했어요."

"그렇다면 얼마나 좋겠어요."

돈 호세가 빠른 걸음으로 다가오는 삯꾼을 지켜보다가 자기도 모르게 권총을 잡으며 말했다.

"다른 녀석이 어디에 숨어 있는지 확실히 알았으면 좋겠어요."

"우리가 그들에게 잘못한 것인지 모르겠네."

엘링턴이 나직이 말했다.

"그럼 날이 밝을 때면 여정을 계속할 수 있겠군."

"우선 저 녀석이 뭐라고 변명하는지 들어봅시다."

영국인보다 아르헨티나 사람을 더 잘 아는 돈 호세가 제안했다.

"아무튼 뭔가 특이한 것을 보았거나 들었을 겁니다. 그렇지 않다면 결코 여기서 이탈하지 않았을 겁니다. 조용! 페드로예요. 나이 든 삯꾼은 보초를 서는 모양입니다."

젊은 삯꾼이 성큼성큼 다가왔다. 그는 밖에서 돌에다가 발에 붙은 눈을 문질러 털고 들릴까 말까 한 목소리로 인사하며 산막으로 들어왔다.

부인이 깊은 데서 우러나오는 마음에서 큰 소리로 인사에 답했다. 아무것도 보이지 않는 컴컴한 공간에 들어서자 삯꾼은 바로 주위를 파악할 수 없어서 몹시 놀랐다.

"어? 이게 무슨 일이에요? 모두들 떠날 채비를 하고 있다니, 아직 해가 밝으려면 멀었는데요. 부인께서는 이렇게 차갑고 누추한 곳에서 오래 지내시기가 무리인 것 같네요. 아직 대여섯 시간은 잘 수 있는데."

아직까지 입구에 서 있는 길잡이에게 돈 호세가 물었다.

"그래 어디에 있었다가 왔소?"

그는 드러누워 못 들은 체할지 내놓고 달아나 가우초가 알아채게 해야 할지 몰라 우물쭈물했다.

"당신 동료는 지금 어디에 있으며 두 사람은 왜 자리를 지키지 않았소?"

삯꾼이 웃었다. 그는 잠시 뜸을 들이다가 이윽고 말했다.

"저기 건너편에 퓨마가 있었습니다. 우리는 눈이 덮여 있어도 그 소리를 들을 수 있으며 퓨마의 검은 그림자를 볼 때도 가끔 있어요. 혹시라도 그놈을 놀라게 할까 봐 우리는 조용히 그놈이 있음직한 곳을 돌아서 갔지만 놓치고 말았어요. 나는 그곳에서 함께 한참 낌새를 살피다가 돌아왔어요. 퓨마는 아직도 밖에 있어요."

그러고서 그는 갑자기 새로운 생각이 떠올라 말을 계속했다.

"펠리페가 무기 자루를 가져오라고 나를 여기에 보냈어요. 사모님께는 동물 가죽이 기막힌 잠자리가 될 겁니다."

"내가 너와 함께 가보겠다."

엘링턴이 곧바로 말했다. 그러자 돈 호세가 그의 팔을 붙잡고 영어로 말했다.

"이건 완전히 미친 짓이야! 여기에 정말 배반의 가능성이 존재하는데 네가 가우초들까지 만나보겠다고? 가령 그들이 조용히 숨어 있다면 여기서는 결코 총을 쏘아선 안 돼. 소리가 먼 산에까지 울리고 적들에게 우리가 가까이 있다는 것을 알리게 될 테니까 말이야. 저 자의 말도 마음에 들지 않아. 늙은 삯꾼은 너무나 교활하고 조심스러워서 그 속셈을 알 수 없어. 또 그는 총도 쏠 줄 몰라."

젊은 삯꾼이 불안스레 대화를 엿들었지만 한 마디도 이해할 수 없었다.

'무슨 말을 하고 있지? 내가 너무 오래 기다리게 하면 가우초들이 안달이 날 텐데 그 사이에 무슨 일이나 저지르진 않을까? 모두들 떠날 채비를 마쳤다는 것은 이제 정해진 일이었다. 그렇다면 내 자신에게 가장 안전한 것은 무엇이지?'

느닷없이 돈 호세가 물었다.

"그런데 펠리페는 어디에 있소? 당신들이 전에 지키던 자리는 바로 건너인데 그는 흔적도 보이지 않는단 말이야."

삯꾼은 질문에 준비한 대로 대답했다.

"저기 앞 꼭대기에 있었는데……. 그곳에서 퓨마를 다시 보고 싶어했지요. 또 그곳에서는 아래서 올라오는 길을 더 잘 관찰할 수도 있고요."

엘링턴이 말했다.

"됐소. 이제 다시 누워 몇 시간 눈을 붙이시오. 우리는 날이 밝기 전에 계속 걸어서 가능하면 두 번째 산막에 도달할 계획이요. 그러면 우리는 다음날 칠레 지역에 있게 되니 잔인한 독재자의 부하들로부터 안전하겠지요."

"좋아요."

삯꾼이 짧게 대답했다. 하지만 전에 누웠던 자리를 다시 찾으려고 산막의 벽을 더듬다가 문득 - 전기로 인한 충격이 팔다리를 관통하는 것처럼 - 두 영국인의 무기가 느껴졌다. 엘링턴이 바로 잡을 수 있도록 거기에 세워둔 것이었다. 삯꾼은 손을 재빨리 놀려 실탄이 장전되어 있지 않다는 것을 확인했다. 그래서 그는 바로 그 옆 바닥에 누워 자신에게 가장 유리한 순간이 오기를 기다렸다.

그는 오래 기다릴 필요가 없었다. 엘링턴이 처음에는 깨어 있는 상태에서 여러 번 낮은 출입구로 가서 소리를 들어보려 했지만 오랜 기간 밖에 머무르기에는 추위가 너무 혹독했다. 그는 그의 외투를 꼭 여미고 그의 부인 옆에 바짝 붙어 누웠다.

삯꾼은 그런 틈을 이용했다. 그는 조심스럽게 옆쪽을 더듬어 무기 하나를 무릎에 놓고 이리저리 살펴보기 시작했다. 그런데 여기에 어려움이 생겼다. 총을 쏘는 것은 자주 보았지만 직접 쏘아보진 않았던 것이다. 그는 공이치기를 당긴다는 것만 알았다. 문득 나쁜 꾀가 떠올랐다. 탈주자들이 촘촘히 누워 있는 구석에다 총을 쏜 다음 다른 총을 들고 달아나면 처음 일의 혼란 때문에 충분히 사정거리 밖으로 내뺄 수 있으리라는 생각이었다. 한 명 또는 여러 명에게 부상을 입힐 수 있고 그러면 가우초들이 다른 무기로 그들의 행군을 저지하거나 그들을 산막에 묶어둘 수 있을 것이다. 그래서 조금 남은 식량이 떨어지면 꼼짝없이 당할 수밖에.

교활한 삯꾼은 질질 끌지 않고 자신의 계획을 실행했다. 덧붙여 말하면 사격은 신호탄으로 여겨질 것이며, 가우초들이 아주 빨리 달려오면 영국인 일행을 즉석에서 사로잡을 수도 있을 것이다.

페드로는 공이치기를 소리 없이 당기는 법을 잘 몰라 공이치기가 큰소리를 내고 말았다.

돈 호세는 자지 않았다. 삯꾼이 산막에 다시 발을 디딘 순간부터 따뜻한 외투를 입고 벽에 기댄 채 앉아 있었으며 아무리 미미한 소리라도 놓치지 않았다. 그는 초조하게 아침을 기다렸다. 마침내 눈을 감고 잠이 들지도 깨지도 않은 상태에서 행군의 성공 가능성과 위험을 생각하고 있는데 가벼운 공이치기 소리가 쉬고 있던 그를 깨웠다. 재빨리 소리 난 쪽을 바라보니 밖에서 비친 희미한 눈빛 아래 총 한 정이 눕혀져 있는 것이 보였다. 그러고는 모든 게 죽

은 듯 조용했다.

엘링턴도 너무나도 익숙한 소리에 눈을 떴다. 그 역시 눈을 뜨자마자 총이 이동된 것이 보였다. 그는 놀라서 심장이 멎을 지경이었는데 또 같은 소리가 들렸다. 두 사람은 새로운 위험에 맞서기 위해 벌떡 일어났다.

삯꾼은 총을 쏘아 산막을 빠져나가려고 했지만 실패했다. 총이 말을 듣지 않았던 것이다. 그래서 그는 문으로 달아나려고 했지만 엘링턴이 그를 막아섰다. 삯꾼이 칼을 빼들었지만 그는 엘링턴의 주먹과 돈 호세가 등뒤로 찌른 칼을 맞고 쓰러졌다.

그 순간 작은 산막은 혼란의 도가니였다. 자신들이 보낸 삯꾼의 신호를 가우초들이 기다리지 않았다면 엘링턴 일행은 끝장났을 터였다. 하지만 가우초는 총기에 대한 두려움 때문에 주저주저했다. 더구나 그것이 유럽인들의 손에 있지 않은가. 그러나 자기 주인에게 보상금을 받고 싶은 마음이 간절한 만큼 그 때문에 목숨이 위태로워진다는 생각은 하지 않았다.

엘링턴과 돈 호세 사이에 다시 큰일이 날 뻔했다. 돈 호세가 처남 역시 적인 줄 알고 재차 칼을 들고 덤벼들었던 것이다. 엘링턴이 얼떨결에 소리를 질러 목숨을 건질 수 있었다.

엘링턴이 입구를 맡아 지키는 동안 돈 호세는 죽은 삯꾼을 구석으로 옮겼다. 엘링턴 아버지도 적의 공격이 이미 시작되었다고 생각하고 방어를 돕기 위해 달려왔다.

그러는 동안 가우초들 두목의 인내가 사라졌다. 그는 화난 눈으로 나이 든 삯꾼을 힐끔거리며 말했다.

"그놈이 우리를 배반하고 그들의 무기를 우리에게 가져오는 대신에 영국인에게 조심하라고 일러준 게 틀림없어. 그걸 모르다니, 미치고 환장하겠군."

반은 늙은 삯꾼이 들으라고 한 말이었다. 가우초의 화난 눈길에 불안해하며 삯꾼이 조용히 대답했다.

"페드로는 우리를 배반하지 않았을 겁니다. 그는 탈주자들이 여기를 빠져나가지 못한다는 것을 잘 알고 있습니다. 그러나 첫 단추를 잘못 끼웠을 수도 있지요. 그렇다면 곤란한데."

"친구, 자네에게도 좋지 않아. 그놈이 우리에게서 도망치면 좋겠지? 큰 가치는 없지만 자네 머리는 내가 갖고 있으니 말일세."

상대방이 화를 내며 말했다.

"진정하게나, 친구! 날이 밝으면 알게 되겠지."

나이 든 삯꾼이 침착하게 말했다.

가우초는 미쳐 날뛰었다.

"자네는 내가 사정거리 안의 눈밭에 노출되어 놈들의 총에 개처럼 맞아 죽으려고 밝은 대낮까지 기다릴 것 같은가? 지금, 당장 공격을 감행해야 해. 그렇지 않으면 그들은 내일 아침에 우리에게 아

무런 저지도 받지 않고 우리 눈앞에서 사라질 거야. 저 위 산막이
그들을 잡을 수 있는 유일한 곳이지. 나는 설원까지 깊이 들어가고
싶지 않단 말이야.”

“하지만 친구, 자네 스스로……."

늙다리가 말했다.

“입 다물어! 내가 물으면 말하도록. 자, 앞으로 나와! 알겠지. 이
제 내 옆에 바짝 붙어 있어. 자네가 필요할지도 모르니까.”

가우초가 화를 내며 그의 말을 끊었다.

가우초가 그에게서 고개를 돌렸다. 그러나 늙다리가 혼자 중얼
거렸다.

“아마 어디선가, 다른 사람들이 옆에서 접근할 때, 내가 중요하
게 쓰일 테니 그런 줄 알게. 그러니 참고 기다려……."

그러고서 그는 조용히 자신의 외투를 약간 죄고는 두목의 결정
을 기다렸다.

가우초는 급히 부하들을 불러 모았다. 그는 오래 전부터 이 부근
을 잘 알고 있었기에 그의 명령도 신속하고 확실했다. 그는 각자에
게 결정적인 순간, 즉 탈주자들이 행군을 계속하기 위해 산막을 떠
날 때에 뛰쳐나와야 되는 장소를 똑부러지게 정해주었다.

산막은 돌로 지은 것이었으며 거기서 겨우 몇 걸음 떨어진 곳에
는 강변이 거친 투쿤자도를 향해 내리닫고 있었다. 두목은 늙다

리, 그리고 자기 부하 한 명과 함께 그곳을 돌아갔다. 그들은 산막의 벽에 가려져 있어 그곳에 가까이 다가갈 수 있었다. 그는 총 두 자루와 가벼운 올가미를 갖고 있었다. 올가미는 가우초들이 전투에 나갈 때 거의가 챙기는 물건이었다. 그는 재차 다른 부하들에게 가능한 한 산막에 가까이 접근하라고 명령했다. 그런 다음 출발했다. 길은 위험하다기보다는 험하다고 할 수 있었다.

그러는 사이에 늙다리는 지칠 대로 지쳤다. 다가오는 위험을 피하려고 영국인 일행을 배반한 것인데 이렇게 어두운 밤에, 추위에 떨며, 깊이 쌓인 눈을 헤치며 산막으로 돌아가야 하다니. 산막 사람들에게 발견되어 맞든 자신이 도망치려 할 때 뒤따라오는 가우초에게 맞든, 총알 맞는 것은 따 놓은 당상이었다. 다시 탈주자들의 편에 선다고 하더라도 이들은 자신을 믿지 않고 적으로 취급할 것이 불보듯 뻔했다.

'도대체 젊은 삯꾼은 어떻게 된 거지?'

그들은 갑갑할 정도로 느릿느릿 나아갔다. 눈이 발밑에서 뭉그러지기 일쑤고 어떤 데에서는 푹 꺼졌기 때문에 매우 조심해야 했다. 마침내 산막의 입구에서는 전혀 볼 수 없는 강가에 도착했다. 삯꾼은 두목에게 탈주자들이 어디에 머물고 있는지, 무슨 무기를 몇 개나 가지고 있으며 두 젊은이는 얼마나 강한지 자세히 알려줘야 했다.

삯꾼 펠리페는 이제 자신을 정찰에 보낼 거라고 믿고 온갖 계획을 세웠다. 그러나 가우초는 배신을 우려했다. 그는 데리고 온 아르헨티나인에게 총을 건네며 산막 뒤로 올라가 거기서 잠복해 있다가 누구든 보이는 놈부터 쏘라고 명령했다.

삯꾼이 두목에게 스스로 방어할 수 있도록 자기 칼이라도 돌려달라고 청했다. 가우초는 거부하며 등에 칼을 맞는 것이 늙다리가 칼을 돌려받을 수 있는 유일한 길이라고 큰소리를 쳤다.

밤이 점점 깊어졌다. 그들 뒤에서는 어느새 샛별이 거대한 산을 넘고 있었다. 머잖아 곧 날이 밝을 텐데 산막에서는 어떤 기척이나 움직임도 없었다. 그래서 그들은 한 시간 내내 강추위 속에 누워 있었으며 그 사이에 눈 위로 새 날이 찾아왔다.

"더는 못 견디겠어."

늙다리 삯꾼이 낮은 목소리로 말했다. 어떻게든 몸을 따뜻하게 하려고 해보았지만 헛수고였다.

"혈관 속 피조차 얼어붙었어."

"그럼 내가 피를 흘리게 해줄까!"

가우초가 겁을 주었다.

"제기랄, 되게 오래 걸리네. 저놈들이 이렇게 오래도록 산막에서 나오지 않는 까닭을 모르겠네. 그 젊은 놈도 우리를 배신했지. 그놈과 자네에게 내 칼을 써먹어 보려고 했는데 말이야. 처리할 관심이 많았었는데. 진정하라고 — 이렇게 빈 말로 날 안심시켰지. 자, 준비해. 그의 흔적을 쫓아갈 거야. 다른 부하들은 지금 자기 위치에 있을 거야. 이 유니테리언들을 잡지 못한 채 몇 주나 쫓아다닐 생각은 없어. 이리 와 봐. 그곳에서는 산막의 입구가 보일 거야. 그곳에 뭐가 보이는지 확인해 봐."

펠리페는 두말없이 하라는 대로 했다. 무엇이든 가우초가 있는 곳에서 벗어날 거리가 생겨 좋아하는 것 같았다. 그는 서둘렀다. 그리고 곧 일러준 곳에 이르러 조심스레 머리를 쳐들었다. 한번 흘끗 보았는데도 삯꾼은 모든 상황을 알 수 있었다. 곧바로 생각들이 그의 머리를 스쳐갔다. 그는 지금 어떤 길을 선택하는 것이 최선인지 이리저리 궁리했다.

그는 탈주자들은 자신들이 처한 위험을 알고 있으며 조용히 가우초들이 오기를 기다리고 있다고 곧바로 확신했다. 산막 입구에는 총을 든 젊은이의 모습이 보였는데, 밖에 있는 적의 목표가 되지 않도록 충분히 안쪽으로 들어서 서 있었다. 가우초의 두목은 산막의 한 모퉁이에 서 있었다. 조 단위로 편성된 다른 가우초들 가운데 일부는 이미 사정거리 안에 들어와 있었지만 아직까지는 눈 덮인 암벽 덕분에 적에게 노출되지 않고 공격 신호를 기다리고 있었다. 총만 있었다면 그들은 금방 이겼을 것이다.

만약 지금 뛰어가면 늙다리는 가우초가 가로막기 전에 산막에 무사히 잘 도착할 것이다. 그런데 만약 탈주자들이 그를 안으로 넣어주지 않고 또 그에게 총까지 쏜다면? 그 자들은 친형제에게라도 쏘겠지…….

이렇게 정면으로 싸우면 그는 위험에 노출될 가능성이 훨씬 컸다. 가우초 두목의 칼을 떠올리기만 해도 그는 목이 아팠다. 그는 두목을 돌아보았지만 그러나 그의 시퍼런 눈빛을 보는 순간 주저하는 마음이 사라졌다. 다시 한 번 지세를 살펴보니 탈주자들과 지금의 적인 가우초의 두목 사이에 조그만 공간이 남아 있었다. 또 산막까지의 거리는 채 300걸음도 되지 않았다. 눈 때문에 빨리 달리지 못한다고 해도 첫 순간에는 산막 뒤에 숨어 있는 사람들이 놀랄 테고 그 다음에는 영국인들이 무기로 자신을 보호해 줄 거라고 생각했다. 그래서 그는 재빨리 결정하고 산막을 향해 꽁꽁 얼어 있는 눈 위를 달려갔다. 그가 눈 속에서 모습을 드러내자 탈주자들의 총이 그를 향해 움직였다. 그저 한번 재빨리 그곳에 눈길을 던졌을까, 그 순간 그의 왼쪽에서 그를 가로막으려고 가우초가 뛰어나왔다. 이렇게 된 이상 그는 자신의 의도를 숨길 필요가 없었다. 분노한 가우초가 차라리 영국인들을 놓아주었으면 놓아주었지 배신한 그가 달아나게 하진 않을 것이기 때문이다.

실제로도 그랬다. 가우초는 몹시 화가 나 노인을 쫓아갔다. 나이든 삯꾼은 눈에 묻혀 느릿느릿 나아갔다. 그가 산막의 사정거리

가까이에 들어서자 가우초는 그를 쏘려고 총을 끄집어냈다. 건너편에서 다른 가우초들이 그를 보고 달려왔다. 그들의 손에 잡히지 않으려고 삯꾼은 가우초의 두목 쪽으로 다가서야만 했다. 두목이 그를 향해 방아쇠를 당겼지만 맞추지 못했다. 그는 화를 내며 총을 눈에다 내던지고 이번에는 왼손에 들고 있던 올가미를 잡았다. 그리고 그것을 머리 위에서 두 번 빠르게 돌리더니 아주 정확히 자신의 제물을 향해 던졌다.

여태까지 펠리페가 빨리 달리지 못하게 방해하던 눈이 이번에는 그를 위험한 올가미에 걸리지 않게 도와주었다. 그는 경험으로 그 무기의 정확성을 너무나 잘 알고 있었다. 그래서 무서운 무기가 자신을 노리는 것을 보자마자 얼른 부드러운 눈 속에 자신을 묻었다. 곧이어 무서운 올가미가 부드러운 눈을 스치며 그의 몸 위로 지나가는 것이 느껴졌다. 위험이 지나갔다. 그는 벌떡 일어나 산막 입구를 향해 달아났다.

엘링턴과 돈 호세는 함께 총을 장전한 채 입구에서 진기한 쇼를 구경하고 있었다. 처음에는 그들도 모든 게 그들에게 접근하기 위하여 교묘히 꾸민 일인지 긴가민가했다. 하지만 올가미를 던지자 상황이 심각한 듯했으며, 삯꾼이 겁에 질린 얼굴로 연신 산막 건너편을 바라보는 것이 배신보다는 도움을 청하는 것으로 비쳤다. 더구나 그는 혼자이고 무기도 없으니 어찌 해를 입히겠는가? 그래서 그들은 그가 다가와도 내버려 두었던 것이다. 그 순간 산막으로부터 날아온다고 여길 수 있을 정도로 총알 한 발이 바로 그들 옆을 스쳐가 그들을 또다시 놀라게 했다.

펠리페는 지난 일을 사과하거나 해명하지도 않고 곧장 그들 옆에 서서 후퇴하는 가우초 두목을 가리키며 외쳤다.

"저기…… 저 자를 쏴……, 저 자가 가우초 두목…… 달아나게 해선 안 돼요."

엘링턴이 극도로 화를 내며 추격자들을 향해 뛰쳐나가려는 것을 보고 돈 호세가 경고했다.

"산막을 벗어나면 안 됩니다!"

"바람 좀 쐬어야겠소!"

엘링턴이 외치며 총을 들고 밖으로 뛰어나갔다.

"범죄자들에게 피를 보여줘야 해. 더구나 신이 우리에게 햇빛을 비춰주신 지금 우리 무기에 맞선다고!"

그는 몇 걸음을 뛰어가 산막 앞의 빈터에 도착했다.

'그런데 가우초 두목은 어디 있지?'

그는 땅속으로 숨었는지 종적을 알 수 없었다. 엘링턴은 다시 몇 걸음을 나아갔다. 그러자 곧 가우초들이 두 방향에서 달려들었다. 또 검은 형체가 눈 속에서 다시 나타나는가 싶더니 그의 머리 위에서는 올가미가 돌고 있었다. 영국인이 놀라 우뚝 서자 갑자기 억센

힘에 끌려 땅에 쓰러졌다. 가우초가 승리의 환성을 지르며 날카로운 칼을 쥐고 그에게 달려들었다. 만일 펠리페가 가우초가 온 것을 보고 돈 호세에게 친구를 구하라고 하지 않았다면 엘링턴은 끝장났을 것이다. 엘링턴이 죽으면 그 자신도 끝이라는 것을 그는 아주 잘 알고 있었다. 돈 호세는 무기를 들고 재빨리 나타나 돌진해 오는 가우초에게 총을 쏘았다. 그러고서 얼른 산막 입구를 바라보았다. 그새 다른 적들은 그곳을 노렸던 것이다.

그러나 그곳에는 늙은 영국인이 기다리고 있었는데 비록 고령이지만 아직까지 사냥 솜씨는 녹슬지 않고 여전했다. 그는 정확히 두 번을 조준해 열다섯 걸음쯤 되는 거리에 있는 적 두 명을 완전히 쓰러뜨렸다.

이제 총은 더 이상 필요 없었다. 나머지 놈들은 닭 무리처럼 사방으로 흩어져 도망쳤다. 그 사이에 엘링턴이 재빨리 올가미에서 빠져나와 적들이 달아나는 것을 보고 있는데 펠리페가 옛 동료의 칼을 손에 들고 달려와 총상을 입은 가우초 두목을 추적하라고 손짓을 했다. 그 자가 눈 속에 사라져 버렸지만 흐르는 피로 보아 그가 치명상을 입었음을 알 수 있었다. 엘링턴이 펠리페와 함께 그가 있는 곳에 다다랐다. 엘링턴이 또다시 총을 들어올렸지만 다시 내리고 말았다.

"쏴요!"

삯꾼이 외쳤다.

그의 눈에서는 불꽃이 튀었다.

이 말소리에 치명상을 입은 가우초 두목이 그를 향해 몸을 돌리더니 상처를 손으로 누르며 앞으로 한 걸음 움직였다. 그의 마지막 걸음이었다. 그는 몸의 균형을 유지하려 하다가 구렁텅이로 떨어져 투쿤자도의 격랑에 이리저리 휩쓸렸다.

이제 펠리페는 새 주인을 섬길 수 있을 만큼 분별 있는 사람이 되었다. 퇴로조차 끊긴 상태여서 그는 고생스럽고 위험한 눈길을 무릅쓰고 성실히 엘링턴 일행이 칠레로 넘어가도록 안내했다. 구름이 피어올라 지평선을 휘감고 높은 곳에 걸쳐 있었다. 이 구름은 때때로 무서운 눈보라를 일으켜 늘 마음을 놓을 수 없었다. 이곳 오솔길이 험한 만큼 추적자들이 산맥에 들어올 엄두를 내지 못하도록 확실히 막아주었다.

배고픔과 추위에 맞서 싸우면서 그들은 사흘 뒤에 칠레의 경계에 도착했다. 그리하여 위험에서 벗어났다.

금괴

1

▌"이제그림(Isegrimm)" 호가 광동(廣東 ; 중국 동남부의 항구도시)을 떠나 바타비아(인도네시아 자카르타 섬의 항구)를 향해 항해한 지 벌써 몇 해가 지났다.

화창한 날씨에 순풍을 타고 배는 춤추듯 항해했다.

해안 가까이에 이르자 바다는 크고 작은 정크(옛날 중국에서 사람이나 짐을 실어 나르는 데 쓰던 배)들로 가득했다. 이상하게 생긴 돛을 단 이 배들은 때로는 순풍을 받아, 때로는 비스듬히 바람을 받으며 여러 항로를 따라갔다. 중국해로 들어갈수록 이 배들의 수는 줄어들었으며, 마지막에는 드문드문 수평선에 돛대 하나만 보였다.

구름 한 점 없는 하늘에는 태양이 이글거리고 있었다. 갑판을 청소하던 선원들이 전방에 배 한 척이 떠 있는 것을 또 발견했지만 도대체 무슨 배인지 알 수가 없었으며, 사실 그런 것에 관심도 없

었다. 1등 항해사가 혼자 망원경을 들고 갑판에 서서 살펴보고 있었으며, 이따금 망원경에서 눈을 뗀 채 고개를 갸우뚱거렸다. 이윽고 그는 망원경을 접어 챙기고 계단을 내려가 선장실 문을 두드렸다.

"선장님, 선장님!"

"그래 항해사, 무슨 일인가?"

"우리 전방에 난파선 한 척이 떠 있는데 정크 같습니다. 그리로 가볼까요?"

"난파선이라!"

선장이 침상 밖으로 두 다리를 내디디며 말했다.

"음, 항해사! 거기에 무엇이 있는지 보긴 봐야겠군. 아주 가까이 있나?"

"예."

"좋아, 그럼 즉시 그리로 향하게. 바람은 어떤가?"

"약합니다."

"잘 됐군. 곧 올라가지."

채 몇 분도 되지 않아 선장이 침상 앞에 놓인 옷을 걸치고 갑판에 나타났다. 그는 먼저 바람과 돛과 그리고 나침반을 둘러보았다. 그러고서 항해사 옆으로 다가서자 항해사가 그에게 망원경을 돌려주며 손으로 난파선이 떠 있는 곳을 가리켰다. 갑판에서 맨 눈으로 봐도 버려진 중국 배라는 것을 확인할 수 있었다. 곧 조타수에게 곧장 그곳으로 가라는 명령이 떨어졌다. "이제그림" 호가 약한 순풍을 받아 서서히 작은 배에 다가갔다.

모든 선원들이 난파선에 관심을 가졌다. 값진 물건이 발견되면 모두 함께 나눠 갖는 것이 관례였기 때문이다. 그래서 선원들은 가능한 한 빨리 갑판 청소를 끝내고 아침도 서둘러 먹었다. 늦을수록 시간 여유가 적다는 것을 잘 알고 있었던 것이다. "이제그림" 호와 난파선이 점점 가까워졌다. 항해사가 망원경으로 배에 사람이 있는지를 확인하는 동안 선원들은 배가 난파선 옆에 이르면 곧바로 건너가 정크를 붙잡아 매려고 밧줄을 들고 서 있었다.

아울러 돛도 몇 개 걷어 올렸다. 난파선이 바짝 가까워지자 선원들은 그곳에 밧줄을 던지고 고양이처럼 잽싸게 건너갔다. 몇 분 뒤 정크선이 큰 배 뒤에 고정되고 물결이 잔잔해지자 선원들이 쉽게 오르내릴 수 있었다. 선장이 직접 건너가 항해사에게 선실부터 열게 하고 그 안에 시체가 있는지, 전염병으로 선원들이 죽었는지 아니면 그 때문에 배를 버리고 떠났는지 확인했다. 하지만 그런 흔적은 발견할 수 없었다. 산 자든 죽은 자든 배에는 아무도 없는 것 같았으며, 부서진 돛대만이 폭풍우가 덮치자 선원들이 작은 보트에 몸을 싣고 맹목적으로 탈출을 시도했음을 알려주고 있었다. 선실에 널브러진 식료품들이 그런 추정을 더욱 뒷받침해 주었다. 심지어 선장의 찬장이 그대로 있는 것을 보면 그들은 두려움 때문에 아무것도 챙겨가지 못한 것 같았다.

선장이 선실을 수색하는 동안에 항해사는 화물을 살펴보았다. 선실에서 중국옷과 소품 한 무더기와 묵직한 스페인 은화자루 하나가 발견되었다. 선장은 서둘러 가능한 한 많은 은화를 주머니에 넣었다. 만만치 않은 일이었지만 그는 그렇게 자신의 배로 돌아와

주머니를 비우고 서둘러 오가기를 반복했다. 두 번째로 정크에 올랐을 때 항해사가 하얗게 질린 얼굴로 다가왔다.

"무슨 일인가, 항해사?"

선장이 깜짝 놀라 외쳤다.

"마치 죽은 시체 같네. 자네에게 무슨 일이 생긴 건가?"

항해사는 입이 떨려 제대로 말을 하지 못했다.

"선장님! 이 배에⋯⋯, 이 배에 금이 있습니다!"

"금이라고? 그럴 리가⋯⋯!"

선장은 이렇게 외치며 난파선 위로 뛰어올랐다.

"자네 꿈을 꾸고 있는 게로군, 항해사?"

"직접 가서 보십시오."

항해사가 말하면서, 선장에게 무거운 금빛 금속막대 몇 개를 내밀었다.

"이게 뭔가?"

선장이 얼른 손을 내밀어 받아들고 한 개를 흔들어 보더니 눈짓으로 항해사에게 정크선의 선실로 따라오라고 했다. 그의 목소리가 나직하게 바뀌었다.

"이보게, 항해사! 배 안에 이런 금속막대가 도대체 얼, 얼, 얼마나 있나?"

"이게 금인가요?"

항해사가 되물었다.

선장은 항해사의 질문에 대답도 하지 않고 재차 물었다.

"이런 막대가 배에 얼마나 있느냐고?"

"적어도 500개 정도요."

이번엔 항해사도 선장처럼 은근히 말했다.

"어디에 있는 거지?"

"제가 맨 처음 억지로 연 선실 바로 아래에요."

선장은 잠시 뜸을 들이고 나서 나지막이 말했다.

"선원들 말인데……. 눈치챘는가?"

"아니요. 그런데 만약……."

항해사가 말했다.

"항해사! 그 금은 우리 하느님께서 우리에게 주신 것이네. 우리 둘은 집에 아내와 자식들이 있지만 늘 선주들이 시키는 대로 해왔어. 캘리포니아에서 선원들이 다 달아나 버렸을 때도 우리 둘은 배에 남아 선주들의 배를 지켰지. 하지만 우리가 보답으로 뭘 받았지? 봉급이 오른 것도 아니고. 캘리포니아에서는 견습선원도 그보다 더 많이 받을 거야. 그런데도 우리가 돌아왔을 때 선주들은 '고맙소, 선장! 고맙소, 항해사!' 라는 말 한 마디 하지 않았어."

선장이 장중한 어조로 말했다.

"아……."

항해사가 입을 열었다.

"하마터면 선원들이 떠난 책임과 새 선원을 모집하는 데 드는 엄청난 비용까지 우리가 떠맡을 뻔했어요."

"그랬지."

선장이 말을 이었다.

"그때 우리가 어리석었던 것 같아. 하지만 바로 그게 우리의 의무였지. 나는 결코 후회하지 않을 거야. 그건 내 자랑거리지. 그러나 지금 우리가 또다시 우리의 선주들만 생각하려고 하면, 우리 처자식들이 우리에게 미쳤다고 할 걸세. 그리고 우리가 여기 공해에서 발견한 것을 왜 선주 혼자 차지해야 하느냐고. 우리가 화물에서 선주들의 몫을 따로 놓아두고 우리 몫으로 금을 조금 챙긴다면 선주들도 불만이 없을 거야."

항해사가 봐도 맞는 말 같았다. 그가 말했다.

"맞습니다, 선장님. 하지만 만일 선원들이 이 일을 눈치채면요? 그들의 입을 다물게 할 수는 없어요. 나중에……."

"멋대로 지껄이라고 하고 우린 각자 배 한 척씩 사자고."

선장이 말했다.

"회사 사람들이 뭐라고 하든 전혀 상관하지 말고 동인도군도에서 회항하자. 영리한 놈들이니 다시 그때처럼 '선장이 바보였어!'라고 하지 않고 '이번에는 지난번보다 똑똑했어.' 라고 말할 걸세.

말해두지만, 그 자들은 우리가 말해주는 것 말고는 노란 막대에 대해서 더 알아선 안 되네. 정크에는 또 무슨 물품이 있지?"

"차도 보았습니다. 아편도 몇 상자 있을지 모릅니다."

항해사가 말했다.

"그럼 모든 게 제대로인 셈이군."

선장이 웃었다.

"해가 높아지며 바람도 점점 약해지니 난파선을 우리 옆에 갖다 대기가 수월하겠어. 화물을 우리 배로 옮기는 동안 우리도 금괴를 안전한 곳으로 가져가자고. 누군가 그것을 안다면 전적으로 우리 탓이네."

항해사가 이렇게 엄청난 재물의 소유자라는 것이 믿어지지 않는 듯 물었다.

"이 금괴를 다 우리 몫으로 챙기자는 말씀입니까, 선장님?"

"선주들 수입은 다른 화물로도 충분해."

선장이 싸늘하게 말했다.

"선박 서류는 없는가요?"

"저 밑에 책 몇 권이 있네."

선장이 말했다

"그런데 차 상자에 적혀 있는 것과 같은 글씨들로 가득하더군. 뭐라고 쓰여 있는지 도무지 모를 거네."

"이런 금괴 하나당 값이 얼마쯤 될까요?"

"흠. 한 개에 3파운드는 될 거야. 1파운드를 200달러로만 계산해도 우리 각자 몫으로 5만 달러가 나와. 그만큼 벌려면 오래오래 일해야겠지."

선장이 손으로 금을 재면서 말했다.

"5만 달러라고요!"

항해사가 놀라 소리쳤다.

"그것은 6천 탈러(Taler ; 옛날 독일 화폐 단위)가 훨씬 넘으니, 그것으로 마음에 드는 배 한 척을 살 수 있겠네요."

"바로 그 말이네."

선장이 대꾸했다.

"그렇게 선주들의 주머니에 금을 넣어주면 그들도 입을 비쭉이진 않을 거네. 자 이제 우리는 저 난파선에 배를 대세. 그래야 선원들이 빨리 화물을 옮겨 나르지. 그게 우리가 광동에서 실은 화물보다 더 돈이 될 거야."

항해사의 무릎이 떨렸다. 6천 탈러라! 지금까지 한 번도 상상해본 적이 없는 엄청난 금액이었다. 그런데 전부 자신의 것, 자기 재산이 될 거라니. 그것만 있으면 그는 원하는 곳 어디든 갈 수 있었다. 그는 몽롱한 상태에서 이런저런 명령을 내렸다.

"이제그림" 호가 선체를 난파선에 붙이자 선원들이 특별 수입에 대한 기대감을 품고 달려와 빠른 속도로 상자들을 하나씩 들어 올렸으며 모든 일은 부항해사가 감독했다. 그는 상자 수를 적고 선창(船倉)으로 운반하게 했다. 그러는 사이에 항해사는 금괴들을 안전한 데로 옮겼다. 즉, 정크의 아래칸에서 금괴들을 끄집어내어 선장에게 건네주면 선장은 그것을 선실로 옮겼다. 금괴 수가 적었으면 이 일이 눈에 띄지 않았을 것이다. 그러나 금괴 수가 너무 많아 마침내 그들이 하는 일이 선원들의 눈에 띄고 말았다. 선장이 이마에 땀을 흘리며 일하는 모습부터가 선원들에겐 이상하게 보였다. 뭔가 특별한 이유가 있는 것이 분명했다.

'두 사람이 그곳에서 무엇을 발견했기에 우리들에게는 보여주지도 않는지? 이러다가 저 비밀 화물에 대한 우리의 몫까지 없어지진 않을지?'

부항해사는 대부분의 일을 선원과 함께 하고 아침에는 갑판까지 청소하기 때문에 배에서 벌어지는 일을 잘 알고 선원들과도 가까웠다. 그는 "이제그림" 호에서 차 상자들을 정리하는 시범을 보여주고 있었다. 그래서 걸핏하면 난파선에 갈 일이 생겼다. 그는 한 선원에게 오랜 시간 감독 일을 맡기고 천천히 갑판으로 올라갔다.

그 또한 선원들 말대로 뒤에서 이상한 일이 벌어지고 있음을 눈치챘다. 그는 먼저 제 눈으로 직접 확인하고 싶었다. 그래서 정크선의 갑판으로 뛰어올라 곧장 선실에 몸을 숨겼다. 그는 바닷물에

훼손되지 않았는지 그 안에 있는 차 상자부터 살펴보았다. 그러고는 내친 김에 선실 뒤편으로 다가갔다.

항해사가 마침 그곳에서 금괴를 다시 주워 담고 있다가 그가 오는 낌새를 알아채고 낡은 커피자루를 던져 재빨리 금괴를 가렸다.

그와 동시에 부항해사에게 말을 건넸다.

"여보게, 마이어, 무슨 일인가? 위쪽 일은 다 되어가는가?"

"곧 끝납니다, 항해사님. 여기에 뭐가 있는지, 혹시 우리가 쓸 만한 것이 있는지 한번 보려고요."

"여긴 별 것 없네. 별 가치 없는 책이나 도구들이 있었는데 벌써 선장님께 올려 보냈네. 또 이삼십 여 장기판들과 나무 노리개도 여기 있는데 내가 다 옮길 거네. 우리가 다시 항해를 계속하면서 모두 정리하고 기록하면 되네."

항해사가 아주 태연히 말했다.

"또 들고 갈 것은 없나요?"

"닻과 목제품 몇 개를 갖고 올라가게. 땔감으로 쓰면 좋을 거야. 자 서둘러, 마이어. 난파선 때문에 벌써 많은 시간을 허비했네. 저기 구름을 보니 미풍이 불겠는걸."

부항해사가 '에헴' 하더니 생각했던 대로 앞에 놓인 커피자루를 집어 들려고 했다. 그러나 항해사가 그의 행동을 줄곧 지켜보다가 그를 막으며 조용히 말했다.

"그건 놔두게, 마이어, 작은 물건들을 담아가려면 필요하네. 여기서 발견한 것은 다 가져갈 거야. 나중에 고향에 돌아가면 중국의 진귀한 물품으로 팔거나 선물할 수도 있다고. 일이 아직 남아 있으니 어서 돌아가 일하게."

마이어는 할 수 없이 지시대로 했다. 그때 항해사가 자루를 옆으로 조금 밀쳤는데 그 바람에 금빛 물체의 한 귀퉁이가 슬쩍 삐져나왔다. 부항해사의 예리한 눈이 그것을 놓칠 리 없었다. 부항해사는 몹시 놀라 어찌해야 할지를 몰랐다. 그는 이 일을 곰곰이 생각해 보려고 천천히 선실로 되돌아갔다.

그가 본 것이 금이었다는 것은 의심할 여지가 없었다. 그는 일단 선원들에게는 아무 말도 하지 않기로 결심했다. 자루와 그 아래에 감춰진 내용물에 그의 눈길이 간 것을 항해사가 보았지만 그 때문에 불안해하진 않았다. 어쩌면 부항해사가 다른 것은 보지 못했는지도 몰랐다. 지금 그는 남아 있는 수많은 금괴들을 안전한 곳에 숨기려면 더욱 더 서둘러야 했다. 그는 머리를 썼다. 그는 몇 개의 금괴를 천에 싸서 공공연히 다른 물건들과 함께 선장에게 올려 보냈다. 몇 시간 후, 마지막 금덩이들이 선장실에 숨겨졌다.

버려진 배를 수색한 지 약 한 시간이 지났다. 마침내 선장이 밧줄을 풀고 돛을 올리라는 명령을 내렸다. 몇 분 뒤에 "이제그림"호는 난파선으로부터 멀어져 갔다.

2

"이제그림" 호는 바타비아(네덜란드 식민지 시대의 자카르타를 일컫던 명칭)를 향해 계속 나아갔다. 모든 선원들은 난파선의 화물을 곳곳에 정리하느라 온종일 바쁘게 지냈다. 그들은 부항해사에게 정크선 선실에서 무엇을 보았으며 항해사는 무슨 일을 하고 있었는지 알아내려고 했지만 허탕만 쳤다. 그 사이에 부항해사는 그 일에 대해 숙고하고 그가 그 일에 대해 알고 있으며 마음만 먹으면 선원들에게 말할 수 있다는 것을 항해사가 알도록 하는 것이 자기 자신에게 유리하다는 결론에 도달했다. 그러면 항해사와 선장은 발견한 금을 어쩔 수 없이 자신과 함께 나눠야 할 것이다. 일이 순조롭게 진행되면, 이렇게 엄청난 금을 한 두 사람이 갖게 되진 않을 것이다. 만일 그가 ⅓을 받으면 더할 나위 없는 일이었다. 그래서 그는 바로 그날 밤 항해사에게 장기판과 차 상자들 외에 정크에 또 무엇이 있었는지 자세히 알고 있다고 확실하게 알려주었다. 그러나 항해사는 무슨 말인지 모르겠다는 것처럼 행동했다. 그러자 부항해사가 화를 내며 커피자루 밑에 금괴 한 조각을 보았다고 주장했다.

이에 항해사는 그의 얼굴을 보고 웃으며 말했다.

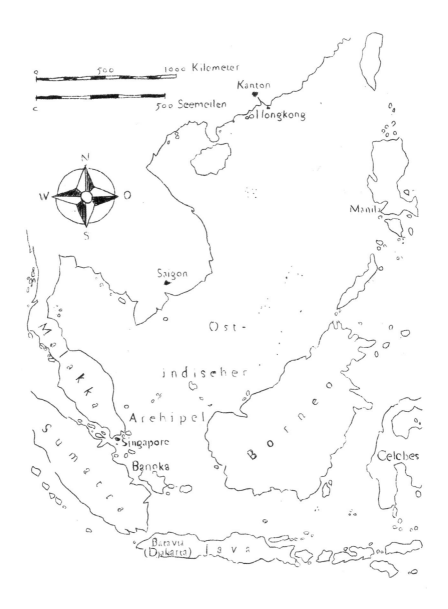

"그때 낡은 자루를 치울 때 방해받아 정말 유감이다. 그때 함께 진귀한 것을 정크에서 찾아낼 수 있었을 텐데, 지금쯤 아주 귀중한 물건들이 바닷속을 떠다니고 있겠지."

이제 부항해사는 그 자에게서 아무것도 알아낼 수 없다는 것을 알았다. 하지만 그는 자기 몫의 금은 결코 포기하지 않겠다고 다짐했다. 한편 항해사는 그날 저녁 마이어가 한 선원과 얘기하는 것을 보았다. 어쩌면 일이 잘못될 수도 있는 것이다. 해상에서 선원들이 폭동이나 그 비슷한 행위를 일으키는 것은 금지되어 있으며 그럴 경우 다음 항구에서 처벌을 받게 되어 있었지만 만일 그들이 다음 항구에서 난파선의 금괴 건을 고발하면 일이 백일하에 드러나게 될 것이다. 이런 사태를 방지하기 위해 그날 밤 항해사는 선장과 오래도록 이야기를 나누었다. 여기서 그들은 다른 사람을 상대로 자신을 변호하지 않으면서 금을 안전하게 지켜낼 수 있는 계획을 세웠다.

그러는 동안 배는 조용히 항해를 계속하고 있었다. 항해사와 선장이 배의 운행을 결정하고 평소에 하던 대로 지나온 거리를 표시했다. 그러나 실제로 항로는 자유항인 싱가포르 근처로 가기 위해 서남쪽으로 맞춰져 있었다. 선장은 부항해사의 지도에도 실제 항해한 것보다 훨씬 많이 항해한 것처럼 거리를 표시했다. 그럼으로써 부항해사가 착각에 사로잡혀 있도록 할 수 있었던 것이다.

지도상으로 그들은 이미 마이어가 내일 아침에 도달할 걸로 예상한 방카(Banka) 섬 근처에 와 있었지만 실제로는 조금씩 말라카(Malakka) 반도의 남단에 접근하고 있었다. 그곳에서 선장은 항해사의 협조를 얻어 금괴를 안전하게 처리할 셈이었다.

　밤이 되었다. 선장은 부항해사를 시켜 선원들을 소집했다. 그러고서 영문을 몰라 어리둥절한 표정을 짓고 있는 선원들에게 그 사이 난파선에서 건진 화물의 값을 계산했으며 분배는 고향에서 이루어지는 것이 원칙이라고 말했다. 그러나 그동안 모두들 부지런하고 성실히 일했으므로 그들의 몫을 앞당겨 지불하고 또 오늘밤 날이 잠잠하고 위험을 걱정할 것도 없어 자유로운 술잔치를 베푸니 밤새 실컷 즐기라고 말했다.

　바다에서 일하는 선원들에게 이보다 기쁜 소식은 없을 것이다. 선장은 항해사를 시켜 한 사람당 20스페인달러를 지급하게 하고 부항해사에게는 40스페인달러를 주었다. 이윽고 주방장이 럼주와 설탕을 갑판에 내오라고 명령하자 환성이 터졌다. 바다 사나이들은 찰나주의적 삶을 살았다. "이제그림" 호 선원들은 이제 선장이 남몰래 혼자 무엇을 챙겼을지도 모른다는 생각 따위는 잊어버렸다. 그것은 이미 지난 일이었다. 지금 두둑한 돈주머니를 들고 항구에서 즐길 시간과 화끈한 럼주가 기다리고 있는데 더 이상 무엇을 바라겠는가?

부항해사도 부정적으로 생각하지 않았다. 그는 선장이 항구에 도착하면 금에 대해 더 이상 언급하지 말라고 그에게 선물을 줄 것이라 믿고 있었다. 아무튼 40스페인달러로 만족할 수 없다는 생각은 확고했다.

배가 천천히 나아갔다. 적당한 미풍에 힘입어 뱃머리는 잔잔한 쪽빛 바다를 헤쳐 나갔다. 곧이어 요리사가 양질의 럼주를 굶주린 선원들 입에 부어주자 배 위는 더욱 왁자지껄해졌다. 진하면서 달콤한 술이 점점 줄어들수록 배 위는 흥소로 더 떠들썩했다. 한 선원이 침상에 두었던 낡은 바이올린을 가져와 연주하자 선원들은 둘씩 부둥켜안고 자유로이 춤을 추었다. 항해사도 오늘은 선원들에게 손수 – 물은 넣지 않고 – 설탕을 탄 럼주를 만들어 주며 그들과 함께 어울렸다. 그는 너무 많이 마시지 말라고 당부하면서 계속 달콤한 술을 권했다.

괜히 술을 달게 만든 게 아니었다. 채 두 시간도 되지 않아 두 다리로 서 있는 사람은 아무도 없었다. 어느새 선장이 손수 키를 잡고 방향을 서쪽으로 돌렸지만 눈치챈 사람은 아무도 없었다. 주량이 만만찮은 부항해사조차 오늘은 물 없이 설탕을 잔뜩 처넣은 술로 머리끝까지 취한 상태였다. 항해사가 그에게 나중에 정신을 차리려면 우선 쉬어야 한다고 권하자 그는 기꺼이 그 말을 따랐다. 그는 계속 고꾸라지며 선실 계단을 내려가 옷도 벗지 않고 좁은 침상에 쓰러졌다.

드디어 선장과 항해사가 그토록 기다리던 순간이 왔다. 곧 날이 샐 것이며 선원들에게 숙면할 시간이 나지 않게 해야만 했다.

선원들은 갑판 여기저기에 널브러져 자고 있었다. 부항해사가 잠자리에 든 것을 마지막으로 확인하고 선장은 키를 놓고 항해사와 함께 소리 없이, 잽싸게 보트를 바다로 내렸다.

나침반, 그리고 식량 및 음료수는 이미 낮에 준비해 보트에 싣기만 하면 되었다. 바닥짐으로 쓸 값비싼 금괴들은 나중에 내렸다. 금괴는 낮에 항해사가 열 개씩 범포에 싸 꿰매어 두었다.

보트는 사람과 화물을 거뜬히 싣고 달릴 만큼 상당히 컸다. 모든 준비가 끝나자 선장은 조심스럽게 항해시계를 바꾸어 놓았다. 배는 조용히 항로를 따라 나아갔으며 이렇게 그들은 배에서 차츰 멀어졌다.

3

선원들 가운데 그나마 부항해사가 술을 적게 마신 편이어서 가장 먼저 눈을 떴다. 약하게 불던 바람이 강해졌고 파도 또한 조금 더 높아졌다. 보트를 매다는 데 쓰였던 두 밧줄이 늘어진 채 배의 흔들림에 따라 규칙적으로 뱃전을 때렸다.

부항해사는 자리에서 일어나 평소에 듣지 못했던 소리에 귀를 기울였다. 럼주를 많이 마신 탓에 아직도 머리가 아팠고 위 또한 좋지 않은 듯했다. 잠이 설깬 상태에서 그는 주머니에서 시계를 꺼내 몇 시인지 보고는 깜짝 놀라 선실에서 갑판으로 뛰어올라갔다.

모든 게 쥐죽은 듯이 조용했다. 그는 아직도 꿈을 꾸고 있다고 생각하고 멈춰서서 눈을 비벼 보았다. 문득 어젯밤 일이 다시 떠오르자 그는 고개를 살짝 흔들었다.

"아주 엉망이군!"

그는 중얼거렸다.

"보아 하니 이 배에 깨어 있는 사람은 나 혼자뿐인가 보다, 그래도 키잡이는 있겠지."

이렇게 혼잣말을 하다가 키에 아무도 없는 것을 보고 놀라서 우뚝 섰다. 그러다 얼른 어느새 바람을 받아 돌려진 돛으로 시선을 돌리고는 놀라 갑판을 둘러보았다.

밧줄이 다시 뱃전을 때리고 있었다. 그는 선미로 가 난간에 팔을 기댄 채 먼 데를 바라보았다.

그는 그 상태로 15분쯤 있었다. 늘어진 밧줄, 사라진 보트를 보았지만 머리는 여전히 멍했다.

문득 이곳에 무슨 일이 일어난 것 같다는 생각이 머리에서 오르내렸다. 마침내, 차마 믿고 싶지 않은 일이지만 선장과 항해사가 배를 공해상에 두고 떠났을지 모른다는, 무서운 생각이 떠올랐다. 그는 선장이 침상에 있는지 보려고 선장실로 내려갔다. 선장실이 비어 있고 모든 게 정돈되어 있으며 항해사도 배에 없는 것을 보고서야 사실을 깨닫기 시작했다.

갑자기 정신이 확 들었다. 이제 그는 거의 불가능한 일, 즉 다른 선원들을 깨우는 일을 해보려 했다. 하지만 생각만큼 되지 않아 겨우 한 사람만 깨울 수 있었다. 그는 그에게 그가 알아낸 이상한 사실들을 말해주었다.

선원은 처음에 전혀 믿으려고 하지 않았지만 결국 완전히 의심을 풀었다. 보트가 없는 것이 배의 주요인물 두 명이 보트를 타고 사라졌다는 결정적인 증거였다. 도주자를 쫓아가야 할지 아니면 선장과 항해사 없이 항해를 계속할지, 이 문제를 놓고 간단한 회의가 열렸다.

두 사람이 정말 도주했다면 작고 빠른 보트 덕분에 이미 먼 데까지 갔을 것이다. 또 그들이 어디로 갔는지 방향도 확인할 수 없었다. 그렇다면 항해를 계속해 다음 항구에서 선장과 항해사의 도주를 알리는 수밖에 없었다. 부항해사는 선장이 지난번에 지도를 보며 한 말을 떠올리며 자신들이 있는 곳이 바타비아 근처라고 믿었

다. 바타비아든 자바든 그곳은 그가 혼자라도 가보고 싶었던 곳이
었다.

4

바람에 돛이 팽팽했다. 두 탈주자들은 그 사이에 작고 가벼운 보
트를 타고 말라카 반도의 남단으로 질주해 저녁 무렵 그곳에 이르
렀다. 그 주위를 이리저리 돌아다니다가 다행히 다음날 아침 싱가
포르에 도착했다. 큰 배에 딸린 보트 한 척 따위는 전혀 눈에 띄지
않는 곳이었다.

항해사는 보트의 해가리개 아래 앉아 금괴를 지키고 선장은 이
곳에서 금을 팔 계획이었다. 선장은 금괴 한두 개를 손수건에 싸들
고 천천히 시내로 걸어갔다. 그는 금세공사에게 가면 아마 금괴 일
부를 팔 수 있을 거라고 생각했다. 일단 금값을 알면 규모가 큰 영
국 상점에서 전체를 유리하게 팔아치울 수 있을 것이다. 그러면서
설령 몇 퍼센트쯤 적게 받아도 전혀 손해가 아니었다. 금괴를 돈으
로 빨리 바꿀수록 그만큼 발각될 위험도 적었다.

싱가포르는 아주 활기찬 도시였다. 거리는 중국인들로 넘쳤으며

가게가 줄지어 늘어서 있었다. 그러나 금세공사는 많지 않은 것 같았다. 선장은 햇볕이 쨍쨍 내리쬐는 좁은 길을 한 시간이나 오르내리며 허탕만 치다가 한 노점을 발견했다. 그곳에는 중국인 노인이 반지를 만들고 있었다.

선장은 잠시 작업장에서 망설이다가 그 노인이 금세공사라고 여기고 들어갔다. 만약 그에게 금을 살 돈이 충분하지 않으면 계속 물어볼 만한 곳을 알려줄 수 있을 것이다.

그러나 언어가 문제였다. 중국인들은 대개 자기네 말만 할 줄 알았기 때문이다. 그러나 여기 이 노인은 드문 예외로서 바로 그가 찾던 사람이었다. 그가 영어로 말할 줄은 몰랐지만 알아듣긴 하는 것 같았다. 그는 그곳에서 짧게 이것저것 가격을 물어보다가 마지막으로 노인에게 금 거래도 하느냐고 물었다. 노인이 상냥하게 머리를 끄덕였다. 그는 수건에 싼 금괴를 노인에게 조심스럽게 내보이며 개당 값이 얼마냐고 물었다.

"이거 말이오?"

노인이 금괴를 잠깐 살펴보더니 더 알아볼 생각도 하지 않고 옆에 있는 저울에 달았다. 그러더니 답을 해주었다.

"여기 보니 3파운드가 조금 넘는군요. 많이 나가지 않네요. 파운드당 약 50센트니까 1달러 50센트입니다."

"1달러 50센트라고. 말도 안 돼!"

선장은 매우 불쾌했지만 감정을 죽이고 혼자 중얼거렸다.

"금 3파운드 값이 1달러 50센트라니. 노인네 상술이 기막히군!"

그러자 노인이 웃으며 말했다.

"금 3파운드라고요? 천만에. 그게 정말 금이라면 나도 부자라할 수 있지. 이건 금속이오!"

"그래, 그건 나도 안다고. 이 멍청아!"

선장이 말했다.

"그런데 무슨 금속이냐고? 금이야 금. 당신이 제값을 쳐주지 않는데 내가 당신에게 그것을 팔 것 같아? 난 당신이 생각하는 것처럼 그렇게 멍청하지 않다고."

중국인이 놀라 선장을 바라보다가 더는 대꾸하지 않고 멈췄던 일을 계속하기 시작했다.

선장은 한동안 그곳을 서성댔지만 노인은 다시 흥정할 뜻이 전혀 없었다. 그는 금괴를 다시 싸들고 휘파람을 불며 노인의 가게에서 나왔다.

그러나 "금속!"이라는 소리가 머릿속을 맴돌았다.

'혹시 노인의 말이 맞다면, 그래서 금이 아니라면, 일이백 달러때문에 나의 배와 지위는 물론 내 존재와 삶까지 잃어버린 것 아닌가? 그럴 리가 없어, 금이 틀림없어. 중국 노인이 금괴를 가로채려는 거였어.'

그는 모퉁이를 돌기 전에 다시 한 번 중국인 쪽을 돌아보았다. 하지만 그는 앉아서 조용히 자기 일만 할 뿐 선장에게는 눈길 한번 주지 않았다.

　선장은 길에서 한 영국인을 만났다. 폼으로 보아 그는 여러 상점에서 물건을 산 모양이었다. 선장이 그에게 믿을 만한 금세공사를 아느냐고 물었다. 그런 사람이 있었다. 프랑스인인데 그곳에서 멀지않은 골목에 살고 있었다. 영국인이 손수 그곳까지 데려다 주었다. 선장이 또 금괴 가격을 물어보았다. 그러나 여기서도 중국인이 말한 것과 똑같은 금액을 불렀다. 프랑스인의 말로는 그것이 이곳에서는 소지(素地)라고 부르는 평범한 금속으로 중국인 무역상품 중의 하나라고 했다. 그리고 현재 시세는 높은 편이며 선장이 더 가지고 있다면 보유한 물건을 파운드당 50 또는 52센트에 팔 수 있다고 말했다.

　선장은 꿈을 꾸는 것 같았다. 아침까지만 해도 희망과 계획들로 가슴이 부풀어 있었는데 이 모든 게 다 무너져 버린 것이다. 이제 보트로 돌아가 항해사에게 나쁜 소식을 전해야 할 일조차 걱정스러웠다. 그는 여전히 자신이 갖고 있는 것이 진짜 금이라고 말해주길 바랐지만 어디를 가든 결과는 똑같았다. 늘 "금속"이라는, 진저리나는 단어가 대답일 뿐이었다. 결국 사람들이 말한 것을 믿고 받아들이는 수밖에 없었다.

그는 보트로 돌아왔는데 어찌나 실망했는지 항해사에게 나쁜 소식을 전해줄 용기조차 남아 있지 않았다.

선장이 마침내 무거운 마음으로 그에게 겪은 일을 이야기하자 항해사가 말을 꺼냈다.

"거 참, 저도 그렇게 생각하지 않은 것은 아니에요. 금, 내 팔자에 금이라니!"

"이제 어떻게 하지?"

선장이 맥없이 물었다.

"어떻게 하느냐고요? 아주 간단하죠. 누구에게든 이 물건을 팔아 가능한 한 빨리 '이제그림' 호로 돌아가는 겁니다."

항해사가 외쳤다.

"배로?"

"물론이죠! 우리가 다른 배에서 선원으로 일하다가 탈주자가 되어 모든 신문에 수배되는 게 좋겠습니까?"

"이 보트로 바타비아에 가자는 거야?"

항해사가 대답했다.

"아닙니다. 선장님이 뭍에 가셨을 때 미국 선박 소속의 대형보트 한 대가 저기로 갔어요. 오늘 오후에 바타비아로 간다고 하니 그 배를 타고 갑시다. 우리 보트에 있는 금속을 팔면 우리와 우리 보트 운행비를 지불할 수 있을 겁니다."

"만약 부항해사가 나중에 고발하면?"

"술에 녹아떨어져 자느라고 근무를 이탈한 놈이 말입니까?"

항해사가 웃었다.

"그렇게는 못합니다. 선장님, 그러나 그게 그토록 두려우시다면 선장님 하시고 싶은 대로 하십시오. 그러나 난파선에서 가져온 것에 제 몫도 있다는 걸 아십시오. 만약 그 물건을 파운드당 50센트씩 쳐주는 멍청이가 있으면 오후에 다시 바타비아로 떠나야지요."

선장은 이 계획에 반대하는 이유가 몇 가지 있었지만 결국 항해사의 말을 따르기로 했다. 이제 그들은 제시된 가격에 금속을 팔기 위해 서두르기 시작했다.

5

그러는 동안 "이제그림" 호의 부항해사는 과감히 남쪽으로 나아 갔다. 정오에 실제 위도를 계산하고서 큰 어려움에 빠졌다. 지도와 전혀 맞지 않았던 것이다. 항해시계도 맞지 않았는데 그 또한 몰랐으며 그가 중도에 본 섬들이 무슨 섬인지도 몰랐다. 그는 드디어 자바에 왔다고 생각하고 섬이란 섬은 거의 다 들렀다. 운 좋게도 말라카 해협에서 시드니로 가는 영국배가 옆으로 지나갔다. 그는 그들의 도움을 받아 항해시계를 바로잡았으며, 시간이 걸렸지만 마침내 무사히 바타비아에 도착했다. 그가 혼자 배를 항구로 몰고 온 것은 선주들에게 인정받아 마땅한 일이었다. 이번 항해만큼은 "이제그림" 호의 선장 기분을 내도 괜찮았다. 어쩌면 선주들이 영원히 그에게 배를 맡길 수도 있었다. 그날 밤 일은 이야기할 필요가 없었다. 그는 선장과 항해사의 도주에 관해서 보고할 작정이었다.

"이제그림" 호가 바타비아에 도착하자마자 그는 자신이 접수한 선장실에 들어가 매무새를 다듬었다. 그가 뭍으로 올라가 화물을 부친 상인에게 보고서와 서류들을 넘기려고 천천히 다시 갑판으로 올라가는데 배들 사이로 보트 한 대가 다가오는 것이 보였다. 자세히 보니 해가리개 아래에 두 유럽인이 앉아 있었다.

"마이어, 어찌된 일이지!"

옆에 서 있던 선원이 말했다.

"우리 옛날 보트와 똑같네. 그런데 우리를 향해 오고 있잖아."

부항해사는 아무 말도 하지 않았지만 그 자신도 비슷하게 생각하고 있었다. 그는 점점 가까워지는 보트를 눈여겨보았다. 아직 해가리개 때문에 보트에 앉아 있는 사람이 누군지 확인할 수는 없었다. 이제 두 명의 유럽인이 내리는 것이 보였다. 그들 중 한 사람이 머리를 들었을 때 부항해사는 깜짝 놀라 소리쳤다.

"선장님 아니십니까!"

"잘 있었나, 마이어."

선장은 태연히 말했다.

"한참이 지나도 자네들이 나타나지 않아 우리 둘이 이 작은 보트를 타고 드라이브하다가 다시 자네들을 따라왔지."

"보트를 타고 바타비아로 가시지 않았다고요?"

부항해사가 외쳤다. 그러고서 놀란 나머지 입을 다물지 못했다. 선장은 부항해사에게 대답도 않고 항해사를 따라 곧장 갑판으로 올라가 한 순간도 배를 떠난 적이 없었던 것처럼 침착하게 명령을 내렸다.

"마이어, 이것이 전체 서류인가?"

그가 물었다.

"네, 선장님."

마이어는 어리둥절한 채 어찌할 줄 모르고 대답했다.

"그런데, 아 그런데 선장님, 실은……."

"마이어, 자네에게 짧게 한 마디만 하겠다."

그러고서 선장이 그의 옷자락을 잡고 그를 한쪽 구석으로 데려가 부드럽게 말했다.

"그날 밤 일에 대해선 더 이상 언급하지 않겠다. 하지만 다음에 자네에게 다시 럼주를 주면 이 배의 간부로서 다른 사람보다 많이 마시면 안 된다는 점을 명심하게. 두 사람이 이런 배를 모는 일이 장난인 줄 아나. 그러다 내가 배에서 떨어졌으니 전혀 놀랄 일도 아니지. 다행히 보트가 걸려 있어서 항해사가 혼자서 물에 내리는 데 성공했어. 그렇지 않으면 나는 절망적이었지. 옷을 입은 채로는 수영하기 어려워. 배는 조종을 하는 사람 없이 그렇게 우리를 떠났어. 운 좋게도 한 미국인이 우리를 발견해 배에 태워주었어. 그러고선 모든 것이 잘 되었지. 자네가 배를 무사히 항구로 끌고 왔기 때문에, 이미 말했듯이, 그 일에 대해서는 어떤 보고도 하지 않겠네."

"하지만, 선장님."

"이제 그만 됐네, 항해사. 나는 옷만 갈아입고 곧바로 뭍으로 가 봐야겠어."

이렇게 말하고서 그는 선장실로 들어갔다.

"잘 있었나, 마이어."

항해사가 갑판에 올라오며 말했다.

"선장이 말씀하신 것 들었지?"

"예, 그런데……."

여전히 어리둥절한 채로 어쩔 줄 몰라 하며 마이어가 대답했다.

"그래, 그럼 됐어, 그런데 말이야……."

항해사가 마이어 앞에 멈춰 서서 그를 유심히 살펴보다가 갑자기 말을 중단했다.

"자네가 내 셔츠를 입고 있는 것 같은데?"

"예, 항해사님, 저……, 저……."

"자, 그럼 내려가 보게. 일할 때 더러워질 수 있으니 옷은 다시 벗어주고."

그리고 어리둥절해하는 마이어를 내버려 둔 채 그는 선실로 선장을 따라갔다.

마이어는 정말이지 머리를 얻어맞은 듯 그곳에 그대로 서 있었다. 그러나 그는 숨을 쉴 시간도 없었다. 선장은 전혀 아무 일도 일어나지 않은 듯 자신의 업무를 처리하기 위해 곧장 뭍으로 올라갔다.

그러는 사이에 항해사는 항해일지를 썼는데, 그 내용은 다음과 같다.

'지난 달 27일 이제그림 호의 선장이 배에서 물속으로 떨어지는 사건이 발생했다. 항해사가 위험을 무릅쓰고 구명보트로 그를 구조했지만 밤의 어둠 때문에 그들은 "이제그림" 호의 행방을 놓치고 말았다. 한참 막막한 상황이 지속되었지만 결국 운 좋게 미국 배에 구조되어 싱가포르로 올 수 있었다. 그곳에서 다시 다른 배를 타고 바타비아를 향해 항해를 계속했으며 부항해사가 통솔한 "이제그

림" 호도 하루 뒤에 그곳에 도착하였다.'

항해사는 부항해사가 이미 항해일지에 두 사람이 보트를 타고 불가사의하게 배를 떠났다고 한 기록을 그대로 두었다. 자신의 보고서로 해명할 셈이었기 때문이다.

그리고 선장은 여기서 자신의 짐을 부렸다. 또 난파선의 물건을 팔아 선원들에게 각자의 몫을 지불하고는 본사로 싣고 갈 새 화물을 받았다.

부항해사가 또다시 금이라고 생각한 금속 이야기를 꺼냈지만 항해사는 그에게 멍청이라고 하며 그가 본 곳에 가서 찾아보라고 쏘아붙였다. 이 문제는 이렇게 끝났다.

"이제그림" 호가 귀항했다. 선장이 난파선 화물의 자기 몫을 선주들에게 주자 그들도 그에게 아주 좋은 선물로 답했다. 항해사는 조그만 배의 선장이 되었으며 그 후임으로는 선주의 친척이 왔다. 그는 다른 배에서 3년간 견습 선원 생활을 마치고 항해술을 배웠다. 마이어는 여전히 부항해사로 일했다.

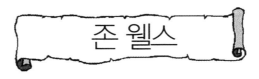

존 웰스

1

▮미국 아칸소(Arkansa) 주의 한 강변에 통나무 집 한 채가 서 있었다. 집은 크고 튼튼했으며, 한 미국인과 그 아내, 그리고 일곱 살배기와 아홉 살배기 아들이 살았다.

남자의 이름은 존 웰스였고, 사냥이 일상인 이 지역에서는 그를 "사냥꾼"이라고 부르며 존경했다. 존 웰스는 바로 그런 별명에 걸맞는 사람이었다. 겉모습만 봐도 그는 숲의 붉은 아들, 즉 인디언과 비슷했지만 그는 그들과의 혈연을 부인했다. 그는 모자를 쓰는 대신 검은 빛이 자르르한 긴 머리를 머리띠로 묶은 채 스스로 만든, 목이 드러난 사냥복과 모카신(원래 북미 원주민들이 신었던 끈 없는 가죽신) 차림으로 즐겨 돌아다녔다.

그가 어떻게 꿀이 달린 나무나 사냥감을 쫓고 찾아내는지는 아무도 몰랐다. 사슴을 쏘면 그는 '머리 가죽 벗기는 칼'(scalping knife)로 – 백인들도 이런 무기나 사냥칼을 이렇게 불렀다 – 순식간에 가죽을 벗겨내어 꿀을 담는 자루를 만들었다. 그는 가장 사나운 늑대에게조차 무섭기 그지없는 존재였다. 동면하는 곰을 찾는 데는 이 지역에서 그의 눈이 최고였다. 그럴 때 그가 왼쪽 어깨에 장총을 멘 채 아주 작은 소리도 내지 않고 재빨리 그림자처럼 숲을 헤쳐가면 짧은 회색 털을 가진 그의 개도 조심스럽게 그를 뒤따랐다. 그의 눈은 단풍 든 숲이나 흔들리는 나뭇가지 하나 놓치지 않고 끊임없이 좌우로 움직였다.

그는 말랐다고 할 정도로 늘씬했으며 유연하고 민첩했다. 달리기, 뜀뛰기, 기어오르기도 남보다 잘했지만 그 자신은 결코 특별하다고 생각하지 않고 걷기처럼 자연스러운 것으로 여겼다. 개는 그보다 빨리 달릴 수 있고, 사슴은 더 잘 뛰어오를 수 있으며 표범은 빨리 나무에 오를 수 있지 않느냐고.

그는 홀로 말없이 조용하게 살았다. 말을 할 때도 그러다 들짐승을 몰아낼까 염려하여 좀처럼 큰소리로 말하는 법이 없었다. 실제로 그는 웃는 일이 없었으며, 매우 즐거운 일이 있을 때는 눈썹이 치켜오르고 눈이 반짝거렸다.

이웃들은 그를 두려워하면서도, 좋아했다. 그들은 그가 자기네보다 능력이 뛰어나다는 것을 알았기 때문이다. 한때 사람들은 그가 아칸소 주를 불안에 떨게 한 말 도둑들과 한 패로 여기고 그에게 아칸소를 떠나라고 했다. 그러나 아무 증거가 없어 사냥꾼은 떠나지 않았으며, 전처럼 작은 밭에 옥수수를 키웠으며, 이웃에 묻지도 않고 걸어서 혹은 말을 타고 몇 주 동안 정처없이 산으로 사냥을 떠나곤 했다.

그럴 때 그의 아내는 아들들과 홀로 숲속에서 지냈지만 무서워하지 않았다. 어쩌다 표범이 밤에 집 근처에서 울어대거나 늑대들이 접근하기도 하지만 이 영리한 동물들이 사정거리 내에 들어온 적은 없었다. 그랬다면 이 숲에서 성장한 여자는 위험하다는 생각을 하기는커녕 총부터 잡고 그놈들을 쏘아 죽였을 것이다.

그녀는 나이가 서른쯤 되었으며 치렁치렁한 검은 머리에 눈은 맑은 갈색으로 제법 예뻤다. 성격이 발랄해 남편에게 숲을 떠나 즐길 거리가 많은 도시로 이사하자고 조른 적도 있었다. 물론 웰스는 반대했다. 그는 세상에서 사람들을 만나는 것이 가장 싫었다. 숲에서 사람의 발자국만 봐도 진저리를 쳤다.

결혼한 지 상당한 시간이 흐르고 아이들이 성장하자 그의 아내 벳시는 도시에서 살고 싶다는 생각을 완전히 지웠다. 이제는 숲이 그녀의 고향이고 터전이었다.

웰스는 하루 종일 사냥을 나갔다가 돌아왔다. 문에는 그가 포니(작은 영국종 말)에 싣고 온 큰 사슴이 걸려 있었다. 그는 집에 앉아 첫째아들에게 주려고 뿔끝을 다듬고 있었다.

"계세요!"

밖에서 부르는 소리가 났다.

"누구시오!"

웰스가 일하다가 일어나 묻고는 문간으로 갔다. 밖에 말을 탄, 낯선 사람이 보였다.

"내려서 안으로 들어오십시오."

웰스가 말했다.

"감사합니다!"

나그네가 인사를 하고는 물었다.

"오늘밤 여기서 묵을 수 있을까요?"

"그럼요, 들어오세요."

그것으로 끝이다. 나그네는 말에서 내려 현관문으로 걸어왔다.

"어서 오시오, 손님."

웰스가 그에게 손을 내밀며 인사했다.

"의자를 들고 불 가까이에 앉으시오. 총은 이리 주세요. 저기 벽난로 위에 걸어 놓겠소. 흠, 좋은 총이군요!"

웰스는 칼과 사슴 뿔 조각을 손에서 내려놓더니 총을 들고 문 쪽으로 나가 나뭇잎을 겨냥했다.

"저기 저 곳을 쏴보세요."

나그네가 말했다.

"어디서 오시는 길입니까?"

웰스가 물었다.

"텍사스입니다."

"텍사스? 이럴 수가!"

웰스가 놀란 얼굴로 그를 바라보며 말했다.

"사냥하기 좋겠군요."

"참 좋습니다."

나그네가 불 옆에 자리를 잡고는 양모로 된 승마용 각반을 벗어 벽난로에 말리려고 걸었다.

그는 훤칠하게 컸으며 나이는 39세에서 40세쯤 되어 보였다. 얼굴은 갈색으로 약간 탔으며 왼쪽 볼에는 큰 흉터가 있었는데 그에게 잘 어울렸다. 양모로 만든 짙은 청색의 사냥복을 입었으며 모카신 대신 딱딱한 가죽 신발을 신고 있었다. 왼쪽 발에는 걷거나 말을 타고 갈 때 소리를 내는 멕시코식 금속 박차가 달려 있었다.

웰스는 나그네가 눈치채지 않게 잠시 그를 관찰하다가 물었다.

"곰이 많은가요?"

나그네가 박차를 풀어 벽난로에 놓으면서 대답했다.

"많이 사는 곳도 있겠지만, 점점 줄어들고 있지요."

"그래요. 어디나 마찬가지군요! 숲에 가축이 너무 많아서 워낭소리가 끊임없이 울리는 바람에 야생동물이 조용히 쉬질 못할 지경이에요."

웰스는 안타까워했다.

"농장들은 또 얼마나 많은지!"

나그네가 말했다.

"그러게 말이에요."

사냥꾼이 대꾸했다.

"내가 곰이라면 딴 곳으로 떠나겠어요. 텍사스 인디언들은 어떻게 삽니까?"

"아, 그들이요! 그들에 대해 누가 궁금해 하기나 합니까?"

나그네가 대답하였다.

"흠, 그래요, 그들에 대해서는 물어볼 것이 별로 없습니다. 그러나 숫자가 많으면 '와' 하고 큰 소리로 함성을 질러 들짐승들을 몰아내 버리지요."

"아직 충분히 남아 있습니다. 죽여 없애진 못해요."

그러자 나그네의 대답이 뒤따랐다.

두 남자가 오랜 동안 불꽃을 보며 자기 생각에 몰두했다.

마침내 웰스가 다시 말을 시작했다.

"오래 전에 텍사스에 가려고 했지요. 다 헛일이 되었지만……. 그곳 상황은 어떤가요?"

"우리 같은 사람들에게는 좋습니다."

나그네가 말했다.

"그 땅이 누구의 것인지는 아무도 모르니까요. 먼저 자리를 잡는 사람이 임자죠."

"땅은 좋은가요?"

"훌륭합니다."

웰스가 한참 있다가 다시 물었다.

"말들도 좋고요?"

나그네는 재빨리, 그러나 예리하게 그를 한번 바라보고는 잠시 뜸을 들이다가 나직이 말했다.

"아마 더 이상 바랄 게 없을 겁니다."

"시장하시죠?"

웰스의 아내 벳시가 들어오며 아주 조용히 오가던 대화가 중단되었다. 그녀는 큰 커피 주전자를 문 앞으로 들고 가 그곳 들통의 커피를 주전자에 채우며 말했다.

"존, 빵을 구워야 하니 나무를 조금 갖다 주실래요?"

웰스가 일어나 밖으로 가서 굵은 장작개비 세 개를 들고 돌아와 천천히 바닥에 내려놓았다. 그러고서 나무가 잘 타고 주전자와 냄비도 안정되게 앉힐 수 있도록 솜씨를 발휘해 장작을 벽난로에 잘 쌓아 올렸다. 이제 세 사람 사이에 대화가 중단되고 저녁식사가 준비되었다. 가끔 나그네가 들짐승과 가축 수, 옥수수 가격과 돼지고기에 대해 물었으며 모두 만족스러운 대답을 들었다.

"의자들을 돌려 식탁에 앉으세요."

드디어 벳시가 말했다.

식탁에는 갓 구운 옥수수빵과 커피가 놓여 있고 프라이팬에서는 큰 베이컨 조각과 고기덩어리가 익고 있었다. 꿀, 버터 그리고 우유까지 나오면서 상차림이 끝났다. 나그네가 일어나 집을 둘러보았다. 벽에는 집주인의 직업을 말해주려는 듯 사냥도구, 가죽자루 그리고 짐승의 가죽들이 걸려 있었다.

의자를 식탁으로 밀며 그가 말했다.

"당신은 사냥꾼인 것 같군요. 틀림없이 텍사스가 마음에 들 거예요. 일자리도 구할 수 있을 겁니다."

"그럴지도 모르죠!"

웰스가 말했다.

"어떤 길로 왔습니까?"

"쭉 이 길을 따라서요."

"붉은 지역에서부터……?"

"더 아래에서요."

"흠. 어젯밤에는 어디서 야영했소?"

"워시타 강가에서요."

"전에 이 지역에 와본 적이 있소?"

나그네가 고개를 저었다.

그는 식탁에서 질문에 대답하는 것에는 큰 흥미가 없고 배고픔을 달래는 데 더 관심이 있는 것 같았다. 식사 시간이 조용히 지나갔다. 그동안 아들들은 밖에서 나그네의 말을 돌보았으며 아버지와 손님이 식사를 마치자 어머니와 함께 저녁을 먹으러 집에 들어왔다. 나그네는 피곤해 보였다.

날이 어두워지자 그는 밖에서 덮개를 가져와 화덕 옆에 누우며 말했다.

"안녕히 주무세요."

몇 분이 지나 규칙적으로 숨을 쉬는 소리가 나는 것으로 보아 잠이 든 모양이었다.

다음날 잠에서 깨어나 보니 창가에 아침이 차려져 있었다. 그는 일어나 몸을 씻고 자기 말을 살펴본 후 아침을 먹으러 돌아왔다. 웰스는 가끔 그렇듯이 아침 일찍 총을 들고 사냥개와 숲으로 가고 없었다.

나그네가 혼자 아침을 먹는 동안 벳시가 그쪽을 보고 앉아 그에게 커피를 따라주었다. 그는 그녀를 곁눈으로 몇 번 보다가 얼마 뒤에 짧게 이야기를 나누기도 했지만 대부분 시간은 침묵 속에서 흘러갔다. 식사 후에 그는 집으로 들어가 박차와 각반을 차고 총을 가져왔다.

"안녕히 계십시오."

그는 벳시의 손을 붙잡고 이렇게 말했다.

"이루 다 감사할 수가 없네요. 언제 다시 한 번 오지요. 이 지역이 마음에 듭니다. 몇 가지 처리해야 할 일이 있어서 산으로 가야 하는데 여기서 말을 타고 강을 건널 수 있습니까 아니면 헤엄쳐 건너가야 합니까?"

"여기서는 헤엄쳐 건너야 해요."

벳시가 대답했다.

"그러나 조금만 말을 타고 올라가면 물이 얕은 곳이 나와요."

"고맙습니다."

나그네가 말했다.

"천만에요."

나그네는 말에 올라 거침없이 숲속으로 내달렸다.

웰스는 늦은 저녁이 다 되어서야 말에 숲에서 잡은 무거운 돼지를 싣고 돌아왔다. 북아메리카에는 야생돼지들이 전혀 없었다. 이 돼지 역시 그의 돼지들 가운데 한 마리로 숲에서 야생화된 것인데 이렇게 그에게 되돌아온 것이다. 여느 때처럼 그는 모자를 쓰지 않고, 총을 왼쪽 어깨에 메고 걸었으며 사냥개가 그의 말 뒤를 바짝 붙어 따라왔다.

"아버지, 드디어 돼지를 발견하셨네요?"

그가 집에 이르자 첫째아들 존이 말하며 그를 맞았다. 둘째아들

지미는 아버지가 돼지를 내려놓는 모습을 바라보았다.

"그래."

웰스가 말했다.

"힘들었어. 돼지들이 사슴처럼 어찌나 날뛰는지 좀체 잡을 수가 없었어. 날이 추워지면 너도 데려갈 테니 한두 마리만 잡아봐. 지미가 널 도와줄 거야."

"지미도 데려가시려고요? 안돼요."

존이 놀라서 물었다.

"일단은 그렇게 해. 그렇게 할 나이도 되었잖니!"

웰스가 말했다. 그러고서 그는 개에게 지시했다.

"자, 다른 개들이 고기에 접근하지 않도록 잘 지켜."

그리곤 돼지의 ¼을 어깨에 메고 집에서 약 50걸음쯤 떨어진 오두막으로 갔다. 그리고 돌아와 나머지들도 그곳으로 가져갔다. 일은 오래 걸렸으며 한참이 지나 끝났다. 그 사이 아이들은 특별히 좋은 먹이를 주며 말을 돌보았다.

웰스가 저녁을 먹으러 집에 들어왔다. 저녁은 신선한 돼지고기를 넣은 음식이었다. 식사를 마치고 일어서며 그가 물었다.

"손님은 어디 갔소?"

"북서쪽으로 갔어요. 그는 산속에서 무슨 할 일이 있다고 했어요. 거기 구석에서 무엇을 찾아요?"

그의 아내가 대답했다.

"커피. 당신이 어디로 치웠소?"

"오늘 오후에 한 자루 볶았어요."

"잘 됐군. 조금만 가져다 줘요."

남편이 말했다.

"또 어디로 가려고요? 나 원 참. 일주일에 이틀밖에 집에 안 있었는데."

벳시가 물었다.

"텍사스에 갈 거요."

웰스가 조용히 말했다.

"텍사스? 혼자서? 텍사스로?"

벳시는 텍사스를 외치면서 손에 들고 있던 커피 주전자를 떨어트릴 뻔했다.

"같이 갈까?"

존이 물었다.

벳시가 고개를 저었다. 그녀가 그렇게 하겠다고 대답해도 그가 데려가지 않을 것이라는 것을 그녀는 잘 알았다.

"갔다가 언제 돌아올 건데요?"

"내년 봄까지는 돌아오겠소."

웰스가 말했다.

"오래 전부터 텍사스로 가고 싶었는데 어제 나그네 이야기를 듣고 결정했소. 저쪽이 어떤지 직접 봐야겠소. 누가 말해주는 것만으로는 성에 차지 않소. 아이들이 다 커서 집에 필요한 것을 다 챙길 줄 아니 충분히 겨울을 날 수 있을 거요. 존은 사냥을 할 줄 알고 지미는 장작을 구해올 거요. 옥수수는 수확이 끝났고 밭도 내년 봄까지는 할 일이 별로 없소. 혹시 겨울에 나무가 몇 그루 쓰러지면 내가 돌아와 장작을 패겠소. 만약 지금 내가 생각한 것보다 늦어지면 이웃들이 당신을 돌봐줄 거요."

벳시는 자신과 아이들을 대여섯 달이나 홀로 숲속에 내버려 두지 말라고 그에게 사정해 보았지만 웰스는 전혀 개의치 않았다. 계속 일주일을 혼자 지냈는데 한 겨울도 혼자 견딜 수 없느냐, 먹을 것이나 장작도 충분한데 무엇이 더 필요하냐는 것이었다.

바로 그날 저녁, 그는 행군을 준비했다. 수 백 마일이나 뻗어 있는 황야에는 중간에 통나무집 몇 채밖에 없었으며 몇 주일을 개만 데리고 총을 멘 채 숲을 지나가야 했다. 그러나 숲은 곧 그의 집이었다. 여행에 필요한 것은 작은 소금주머니, 소금에 절인 베이컨 몇 파운드, 말린 고기, 양털덮개와 탄알 몇 파운드로 그것들만 있으면 그는 밖에서 1년을 지낼 수 있었다.

아버지가 텍사스로 갈 계획을 두 아들이 들었다. 그들에게 텍사스는 여기 유럽에서 본 미국과 같은 곳이었다. 그들이 볼 때 텍사

스는 미국 땅이 아니었으며 - 당시 텍사스는 멕시코에 속했다. -
인디언의 악행에 관한 뉴스는 대부분 텍사스에서 나왔다. 웰스는
커피 가는 기계 옆에 서 있었으며 아이들은 조용히 벽난로 옆에 앉
아 가끔 곁눈질로 아버지를 바라보았다.

아이들이 침대로 가고 웰스는 아직 벽난로 앞에 앉아 탄환을 주
조하고 있었다.

"웰스, 그렇게 오래 떠나 있으려 하는데 잘못 생각하는 거예요."
그의 아내가 말했다.

"당신이 다치거나 혹은 죽기라도 하면?"

"무슨 소리를! 왜 내게 그런 일이 일어날 거라고 생각하지?"
웰스가 말했다.

"인디언들은 나쁜 종족이에요."

"어허, 나그네가 한 말 못 들었소? 홍인종 얘기는 그만합시다!"
웰스가 웃었다.

"그들이 할 수 있는 것은 나도 할 수 있소. 또 나와 개는 서로 도
울 줄도 알고."

얼마쯤 지나 벳시가 말을 계속했다.

"마음이 무거워요. 당신이 못 돌아올까 봐 두려워요. 그러면 당
신이 어떻게 되었는지도 모른 채 여기서 고통과 근심만 쌓일 텐데.
존, 텍사스는 텍사스에 맡기고 여기 있어요. 여기서 있는 대로 즐

겁고 행복하게 살아요."

"텍사스에 가지 않는 한 만족은 없소. 우선 그곳이 어떻게 생겼는지 내가 직접 한번 봐야겠소. 그곳에서 온 사람들마다 텍사스 이야기를 어찌나 많이 하는지 마지막에는 뭔가 특별한 것이 있을 거라고 생각해."

웰스가 말했다.

"인디언들이 당신을 붙잡아 머리 가죽을 벗기면?"

"말도 안 되는 소리! 만약 그들에게 잡힌다면 자업자득이지. 나 때문에 당신이 잃는 건 없지."

웰스가 화를 냈다. 그는 계획을 포기하지 않았다. 다음날 아침 아내가 눈물바람으로 마지막 아침을 차릴 때 그는 간소한 준비물을 말에 싣고 아내와 아이들과 작별인사를 나누었는데 일주일 간 숲에 갈 때는 하지 않던 행동이었다. 그러고서 개를 부르더니 곧 낮은 계곡을 지나 남쪽 언덕을 향해 말을 달렸다.

2

겨울 내내 벳시는 혼자였지만 무엇이 부족해 고생하진 않았다.

존은 교육을 잘 받은 덕분에 총을 제법 잘 쏘았으며 지미는 장작을 챙겨주었다. 이웃 여자들도 웰스가 곧 돌아오는지, 그가 어떻게 지내는지 듣고 싶어 가끔 벳시를 찾아왔다. 하지만 그가 어떻게 소식을 보낸단 말인가? 그는 글도 쓸 줄 몰랐으며 인편으로라도 소식을 보내는 것은 - 어휴 - 텍사스에서 이 지역으로 와야 하는데 그건 아주 드문 일이었다. 아서라, 그가 제 발로 돌아올 때까지 기다릴 수밖에. 그는 내년 봄에 돌아온다고 굳게 약속하지 않았는가.

가엾은 벳시에겐 이번처럼 긴 겨울이 없었다. 날은 느릿느릿 지나가 다음 일요일까지 한 주가 천년 같았다. 이렇게 한 주 한 주가 지나갔다. 이윽고 크리스마스와 새해가 왔으며, 1월이 지나가고 2월이 왔다. 나무들은 새 잎을 피웠고 새들은 숲에서 노래하기 시작했다. 그 소리는 아침마다 그녀의 침대에서도 들렸다. 나무들이 마침내 푸르른 옷을 입고 새 생명을 싹틔우고 있었지만 말을 타고 길을 내려오는 사람은 없었다. 그랬다면 기다리던 귀향자를 맞으러 문 밖으로 달려 나갔을 텐데. 헛일이었다!

여름이 오고 온갖 꽃이 활짝 피었다. 옥수수를 심을 때였는데 이웃사람들이 친절하게 도와주었다. 어린 식물들이 자라며 잎을 내고 알맹이를 맺었다. 또다시 나뭇잎이 떨어지고 눈이 넓은 땅을 덮었다. 그러나 존은 아직도 돌아오지 않았다.

또다시 겨울이 호젓한 숲을 찾아왔다. 바람이 불자 메마른 가지들이 서로 부딪쳤다. 그러면 밤새도록 악몽들이 나타났다. 숲에 혼자 있으면서 무서워한 적이 없었는데 이제 침대에 몸을 눕히면 열과 함께 두려움이 그녀를 엄습했다. 아울러 꿈에 희끗희끗한 형체가 자주 나타나 그녀를 공포로 몰아넣는 바람에 큰소리를 지르며 잠에서 깨어나곤 했다.

그 사이에도 아이들은 컸다. 존은 열 살 그리고 지미는 여덟 살이 되었으며 두 힘센 소년들은 어엿하게 제 일을 해냈다. 어머니는 무엇이 없어 고생할까 봐 걱정할 필요가 없었다. 그럼에도 집에 남편이 없어 아쉬웠다. 아이들과 지내다 보면 거칠어지고 자기에게 재미있는 일만 하려고 했기 때문이다. 사냥에 가는 것은 좋아했지만 일하는 것은 싫어했다. 날이 갈수록 꼭 필요한 일조차 힘이 들었다.

또다시 겨울과 여름이 지나갔지만 웰스는 오지 않았다. 그가 인디언에게 붙잡혀 머리 가죽이 벗겨졌을 거라고 조심스럽게 말하는 마을사람이 있는가 하면 그가 멕시코 사람들에게 붙잡혀 광산에 끌려갔을 거라고 주장하는 사람도 있었다. 그러나 확실한 것은 아무도 몰랐으며 벳시에게는 당연히 아무 얘기도 하지 않았다.

그러나 잠시 시간이 걸릴 뿐 이런 소문이 언제까지나 드러나지 않을 수는 없었다. 어떻게 그 긴 세월을 쉬쉬할 수 있겠는가? 결국 그녀도 마을 사람들이 남편의 운명에 대해 어떻게 생각하고 있는지 알게 되었다. 하지만 그녀는 기죽지 않았다. 웰스는 온정신으로 위험에 맞설 능력이 있었다. 하지만 병이 나서 누워 있는지도 몰랐다. 그러면 회복할 시간이 필요할 테고 내년 봄 이전에는 돌아올 수 없을 것이다.

'틀림없이 돌아올 거야.'

그러나 그는 아직도 오지 않았다.

다시 나무들이 꽃을 피우고 숲에서는 새들이 노래했다. 하지만 남편은 자취를 알 수 없었다. 아칸소와 텍사스에 걸쳐 장사를 하는 인디언들이 드디어 소식을 가져왔다.

웰스가 예기치 않게 숲에서 머리 가죽 벗기기 대원으로 선발된 젊은 인디언들과 마주쳤으며 그들에게 붙잡혀 나중에 살해되었을 거라는 것이었다. 그때까지도 웰스의 죽음에 대해 의심하는 사람이 있었는데 이것으로 마지막 의구심마저 깨지고 말았다. 그러나 벳시는 희망을 버리지 않았다.

이 무렵 그녀에게 가까운 이웃이 생겼다. 바로 그 나그네로서 웰스는 그의 이야기를 듣고 텍사스로 갔었다. 그때 그는 산으로 올라가 그곳에서 1년 반을 머물다가 지난번 들렀던 이 지역이 마음에 들어 돌아온 것이었다. 처음에 그는 강 건너 물가에 자리를 잡았다. 그는 사냥을 하며 먹고 살았으며 이곳에 온 지 4개월이나 지나도록 이웃을 찾아가지 않았다. 그러던 어느 날 그가 도끼를 빌리러 웰스네 땅으로 건너왔다.

벳시는 그를 보자 반가웠다. 그녀에게 웰스의 귀향에 대해 어떤 희망이 남아 있는지 말해줄 수 있는 유일한 사람이었기 때문이다. 하지만 그는 그에 대해 말하기 싫어하는 눈치였으며 그가 돌아올 가능성이 아직 충분하다고만 말했다. 그는 백인이 인디언에게서 도망쳐 다시 집을 찾아 돌아온 몇몇 경우가 있다고 말하고 돌아가더니 다시는 웰스 집에 오지 않았다. 빌려간 도구는 나중에 지나가던 웰스의 아이 편에 돌려보냈다.

이렇게 또 2년이 흘러갔다. 이제 벳시도 남편을 다시 만나리라는 희망을 모두 포기한 상태였다. 나그네는 – 이름이 몰려웠다. – 돼지 몇 마리가 이따금 그녀의 땅으로 넘어와 그놈들을 찾으러 그녀가 사는 곳으로 왔다. 존과 지미는 그가 돼지 찾는 일을 도왔으며 그러다 한번은 다시 웰스의 집에서 밤을 지내게 되었다. 저녁때 그가 집으로 돌아가는데 천둥이 치며 심한 비가 쏟아져 작은 강물이 엄청나게 불어났기 때문이다.

그때부터 그는 자주 웰스네 집을 찾아와 아들들이 할 수 없는 일이 있는 여러 가지 농장일을 도와주었다. 밖으로 달아난 가축을 찾아왔고 그녀를 위해 새로운 베틀도 만들어 주었다. 그는 도끼와 조각용 칼을 아주 잘 다루었던 것이다. 아이들에게 목각 일을 가르쳐

주었으며 존에게는 텍사스에서 가지고 온 개를 선물했다. 오래 전부터 아이들은 나그네를 좋아했다.

웰스가 행방불명된 지 4년 반이 지난 어느 날 아침, 벳시와 빌 몰러는 휴스턴 치안판사 앞에서 남편과 아내가 되기를 원한다고 밝혔다.

이것은 치안판사를 비롯하여 이웃들이 이미 오래 전부터 알고 있는 일로 다른 사람들의 경우처럼 특별히 이상할 것이 없었다. 웰스는 죽은 것이 확실했다. 휴스턴 씨 또한 텍사스 경계에 산 적이 있어 그곳 상황을 잘 알았으며, 웰스가 실종된 지 1년이 지나자 그가 사망했다고 믿었다. 몰러 씨와 그의 아내 벳시 몰러는 그날 오후 몰러 농장이라 부르는 곳으로 돌아갔다. 8일 후, 몰러는 강 건너에 일군 자신의 소유물과 가축 등 모두를 최근에 이곳 아칸소 주에 온 독일인에게 팔았다. 그러고서 곧장 새 농장을 다시 되살리는 일을 시작했다.

가을이었다. 몰러는 오후에 혼자 오두막에 앉아 나무를 다듬고 있었다. 이제 열네 살로 힘센 청년이 된 존은 집 근처에서 곰의 흔적을 발견하고 아침부터 총을 들고 곰을 쫓아갔고, 지미는 양키 한 사람이 근처에서 겨울 동안 글쓰기를 가르쳐 주어 그곳에서 글쓰기를 배우는 중이었다. 벳시도 가까운 이웃인 윌슨부인의 아이가 아파 약을 가져다 주러 가서 집에 없었다.

그때 웬 낯선 사람이 말을 타고 – 뒤에 늙은 회색 개 한 마리를 데리고 – 천천히 언덕을 내려왔다. 그는 밭을 끼고 오다가 집 앞에서 멈추었다. 그는 말에서 내려 잠깐 새로 만든 작은 정원 문을 바라보다가 그 문을 지나 천천히 집으로 다가갔다. 개가 앞질러 들어가더니 구석의 벽난로 오른쪽에 엎드렸다.

몰러는 개들이 짖는 소리를 듣고 일을 그만두고 일어나 안으로 들어갔다. 낯선 개가 그를 본체만체하고 그의 옆을 지나갔다.

"안녕하세요! 들어와 앉으세요."

그가 조용히 인사했다.

"감사합니다."

나그네가 인사하고 집으로 들어와 안을 둘러보았는데 다른 사람이 없는 것을 확인하고는 총을 거기에 내려놓으려고 그러는지 문 쪽을 바라보았다. 그러나 그곳에는 이미 총 한 자루가 놓여 있어 자기 총을 벽난로 옆의 구석에 세워 놓았다. 그러고서 불쪽으로 옮겨 앉아 오른쪽 다리를 왼쪽 무릎 위에 올린 채 조용히 불꽃을 바라보았다.

"늙은 개를 데리고 다니시는군요."

몰러가 말했다.

"매우 늙었지요."

나그네가 짧게 대답했다.

그 역시 아주 젊어 보이지도 않았으며 몸 상태도 좋아 보이지 않았다. 머리에는 알록달록한 머리띠를 둘렀는데 그 밑으로 검은 머리카락이 길게 늘어져 있었다. 맨몸에 걸친 가죽 사냥복은 아직 새 것이었으며, 가죽 바지에 멋진 모카신을 신고 있었다.

몰러는 그를 자세히 살펴보았다. 얼굴이 낯익은 것 같은데 어디서 보았는지 기억이 나지 않았다. 미연방정부가 옛날에 인디언에게 주었던 땅을 다시 매입하려 한다는 말을 듣고 최근에 많은 사람들이 인디언 지역으로 옮겨가며 이곳을 지나갔다. 그 때문에 많은 서부 개척자들이 현장에서 좋은 곳을 사려고 그곳으로 올라갔던 것이다.

"이 농장은 누구 것입니까?"

나그네가 한참을 쉬었다가 물었다.

그가 굴러 떨어진 나무토막을 발로 벽난로에 다시 밀어 넣자 불이 활활 타올랐다.

"내 것입니다."

몰러가 나무를 다시 다듬으며 말했다.

나그네가 그를 보지 않고 계속 물었다.

"성함이 어떻게 되시지요?"

"몰러입니다."

"부인이 돌아가셨나요?"

나그네가 자세히 물었다.

"아닙니다."

몰러가 대답하였다. 그는 갑자기 나무 다듬기를 멈추고 나그네를 자세히 뜯어보았다. 다시 한참 동안 아무도 말을 하지 않았다. 마침내 몰러가 물었다.

"어디에서 오셨습니까?"

"텍사스요."

몰러가 자리에서 벌떡 일어나더니 제자리에 꼼짝 않고 앉아 있는 나그네에게 다가갔다.

"이름이?"

"존 웰스."

"맙소사!"

몰러의 외침과 함께 그의 손에서 조각칼이 떨어졌다.

그 순간 밖에서 개들의 소리가 들렸다. 몰러부인이 다른 개 세마리를 데리고 외출했다가 돌아와 말에서 내려 집으로 들어왔다.

그녀가 "잘 있었어, 몰러." 라고 말하고는 곧 "안녕하세요, 손님." 하고 인사했다.

나그네가 천천히 그녀 쪽으로 몸을 돌리자 그녀가 그를 말없이, 눈을 휘둥그렇게 뜨고 바라보았다. 그녀는 남자를 마주본 채 아무 말도 않고 한참을 그대로 서 있었다. 마침내 그녀가 여전히 어찌

할 바를 몰라 쩔쩔매며 팔을 쳐들더니 처절한 목소리로 외쳤다.

"맙소사! 존, 존, 오! 어디에 그렇게 오래, 그토록 오래 있었어요? 지독히 오랫동안 말이에요?"

"안녕, 벳시! 어떻게 지냈소?"

존이 천천히 의자에서 일어나며 그녀에게 손을 내밀었다.

"오, 존, 존, 왜 그렇게 오랫동안 떠나 있었느냔 말이야! 그 기나긴 세월 동안 아무 소식도 전하지 않고!"

여자가 그의 가슴에 안겨 큰 소리로 울었다.

"웰스 씨, 일이 곤란하게 되었네요."

이제 몰러까지 나섰다. 그는 그 사이에 처음에 받은 충격에서 회복되어 있었다.

"지금까지 내내 어디에 계셨습니까?"

"텍사스에요."

웰스가 몰러를 힐끗 바라보며 말했다.

"아내의 이름이 벳시 몰러지요?"

"오, 존, 존!"

그녀가 다시 울었다.

"당신 일로 내가 얼마나 고생했는지 알아요? 여기서는 인디언들이 당신을 붙잡아 머리 가죽을 벗겼다고 했어요."

언뜻 씁쓰레한 웃음이 존의 얼굴을 스쳐갔다. 그는 아무 말도 하지 않았다.

이윽고 그가 여자를 보며 말했다.

"아이들은 어떻게 지내?"

여자가 눈물을 흘리며 말했다.

"모두 건강해요. 지미가 곧 집으로 올 거예요."

"몰러 씨, 여기 이 집에서 사신 지 얼마나 되었죠?"

"여섯 달이 넘었습니다."

웰스가 "흠" 하고는 몇 초 동안 아래를 내려다보았다. 그러고는 조용히, 부드럽게 그녀에게서 벗어나 총을 둔 구석으로 갔다. 그리고 문 쪽으로 가서 천천히 말을 계속했다.

"엎질러진 물인데 어떻게 하겠소. 당신들은 그렇게 생각하지 않을지 모르지만 이 일에는 나도 책임이 많아요. 내가 올 수 있었다면 이렇게까지 되지는 않았을 텐데. 오늘밤에 함께 곰곰이 이 문제를 생각해 보세요. 난 내일 다시 오겠소. 몰러 씨, 당신도 아시겠지만 이 집에는 우리 두 사람 중 한 사람만이 있을 수 있습니다. 자, 그럼."

웰스가 개를 부른 뒤 돌아서서 나가려고 했다.

"존, 어디로 간다는 거예요?"

여자가 얼빠진 모습으로 말했다.

"어디로? 강가에 가서 야영하며 깊이 생각해 보려고요. 내일 아침에 다시 오겠소."

이렇게 말하고 그는 집을 나섰으며 그의 개가 못마땅한 눈으로 몰러를 쳐다보고는 그를 따라 나왔다. 웰스가 다시 한 번 멈추며 물었다.

"여기에 담배가 있소?"

"그럼요, 웰스 씨! 여기 한 갑 있어요."

몰러가 얼른 대답했다.

"고맙소. 그러나 조금만 있으면 됩니다. 못 피운 지 오래 되었지요. 참, 커피도 좀?"

여자가 몸을 떨며 구석으로 가더니 커피 한 꾸러미를 가져왔다. 웰스는 이곳에 왔을 때처럼 조용히 집에서 나와 천천히 강변의 숲으로 말을 몰았다.

강가에 도착하자 그는 말에서 내려 잔걸음만 칠 수 있게 말의 앞발을 묶고는 숲에서 먹이를 찾아먹도록 풀어주었다. 그리고서 잠자리를 만들고 불을 지핀 뒤 개에게 마른 고기 한 조각을 던져주고 다른 한 조각을 불에 구워 먹었다. 그러고는 자리에 누워 조용히 잠을 청했다.

그러나 잠이 오지 않아 밤중에 서너 번을 일어나 몇 시간이나 불을 보고 앉아 지냈다. 그러다 새벽에 다시 자리에 누워 이불을 머리 위로 덮고 햇빛이 우거진 나무 사이로 내리쬘 때까지 깨지 않고

졌다.

　지금 그가 일어났다. 그는 몸을 씻고 모카신을 신었다. 이불을 돌돌 말고는 말을 찾으러 갔다. 말의 발자국이 집으로 향한 것을 보고서 그는 잠자리로 돌아왔다. 이불을 들고 총은 어깨에 멨다. 그리곤 천천히 말의 발자국을 좇아갔다.

　집 가까이에 이르자 두 아들이 그를 향해 뛰어왔다. 그는 걸음을 멈추고 그들과 반갑게 악수를 했다. 그는 그들에게 이불을 건네주고는 잠시 다부진 두 아들을 대견스레 바라보았다. 농장도 이모저모로 자세히 살펴보았는데 모든 게 나무랄 데 없었다. 그가 떠나고 없는 동안 들판의 나무들은 거의 다 사라졌고 작은 건물 몇 채가 새로 들어서 있었다.

　그는 둘째의 머리에 손을 얹으며 아이들에게 물었다.

　"그래 그동안 잘 지냈니? 지미, 사냥은 많이 해봤니?"

　"그럼요, 아버지, 그리고 지난 가을에는 처음으로 곰 사냥을 했고요."

　"그렇게 빨리!"

　"나도 사슴을 잡았어요."

　지미가 말했다.

　"그래? 너도 총이 있어?"

"이제 존의 소총을 내가 써요. 존에게는 몰러 씨가 새 총을 사줬고요."

지미가 눈을 반짝이며 말했다.

"몰러 씨는 좋은 사람인 것 같구나?"

"아주 좋아요. 또 부지런해요. 우리와 엄마에게도 잘 해주세요."

존이 말했다.

웰스는 "흠, 흠" 하고는 뭔가 골똘히 생각하며 농장으로 걸어갔다. 그곳에는 이미 다른 말이 나갈 채비를 하고 서 있었다. 그가 다시 걸음을 멈추고 아이들에게 누가 왔느냐고 물었다.

"아니요, 이건 몰러 씨 말이에요. 아버지, 이제 다시 우리와 함께 사는 거죠?"

지미가 물었다.

"아직 모르겠다, 지미. 곧 떠나야겠지."

"몰러 씨도?"

"그가 떠난다면 가슴 아프겠지?"

웰스가 말했다.

"엄마도 그래요. 어젯밤에 많이 울었어요."

웰스가 다시 "흠, 흠" 하고 소리를 냈으며 아이들에게 질문을 멈추고 함께 집으로 올라갔다. 벳시가 문까지 나와 그를 반갑게 맞으며 그와 악수하고는 눈물을 글썽이며 말했다.

"오, 존! 존! 그때 내가 애원하는 말을 듣고 텍사스에 가지 않았더라면 좋았을 텐데! 이렇게 될 줄이야, 이렇게 될 줄을 누가 알았냐고!"

"내가 돌아와서 괴롭소?"

"아니, 무슨 말을 그렇게 해요!"

벳시가 울부짖었다.

몰러는 옷을 차려입은 채 벽난로 가에 서 있었다. 발에 각반과 박차를 찬 것이 옛날에 집에 처음 왔을 때와 같은 모습이었다. 그가 웰스에게 손을 내밀며 무슨 말을 하려고 하자 웰스가 그의 말을 끊었다.

"잠시만요, 몰러, 우리 아침부터 먹읍시다. 여기 식탁에 앉아본 지도 오래되었소. 다시 그렇게 되려면 또 긴 시간이 흘러가야 할지도 모르지만. 그만, 그 이야기는 나중에 합시다. 벳시, 커피 좀 줘요, 준비 됐지요?"

여자가 식탁에 커피와 함께 음식을 차리고 두 남자들은 시중을 들었다. 처음에는 웰스의 표정이 우울하다고 할 정도로 진지했지만 식사를 하는 동안 얼굴이 다시 환해졌다. 그가 눈썹을 치켜 올리며 말했다.

"이웃들이 지금 우리가 여기에 앉아 있는 것을 본다면 얼마나 놀랄까요!"

"마을에 좋은 수다거리가 되겠지요!"

여자가 서글프게 말했다.

"당신들이 입을 다물고 있으면 아무도 이 일을 모를 거요."

웰스가 덤덤히 말했다.

"이제 뭘 어떻게 하겠어요."

몰러가 말했다.

"그런데,"

이렇게 말하며 웰스가 다시 여자에게 커피 잔을 내밀자 여자가 잔을 채워 주었다.

벳시가 최근에 그의 얼굴에 생긴 상처 서너 개를 발견하고는 걱정스레 물었다.

"인디언들에게 붙잡혔다는 게 사실이에요?"

"그래요."

웰스가 소리를 낮춰 대답했다. 아이들은 그의 입에서 나오는 말을 한 마디도 놓치지 않으려는 듯 그에게서 눈을 떼지 않았다.

"첫 번째 봄에는 돌아올 생각이 없었소. 텍사스의 여름이 어떤지 알아야 했으니까. 아무튼 그곳에 머물렀어요. 사냥감도 충분했어요. 그러다 내가 이곳저곳 돌아다니고 가을에 집에 돌아가려고 하는데 인디언들을 만났소. 그들은 사냥꾼 한 명쯤이야 쉽게 해치울 수 있다고 생각한 것 같아요. 인디언들은 내 말부터 훔쳐갔어요. 그리고 나까지 공격하길래 나는 인디언 총으로 네 놈을 쓰러뜨렸어요. 나도 총알을 몇 발 맞고 의식을 잃었지요. 내가 다시 깨어나자 그들은 나를 묶은 채 노새에 앉혀 자기네 소굴로 데려갔어요. 나는 비로소 몸을 제대로 추스를 수 있었으며 그들에게서 도망칠 수 있다고 생각했어요. 하지만 그들은 다음 축제 때 나를 자기네 방식으로 죽이려고 했어요."

"축제 전날……."

웰스가 이야기를 계속했다.

"일종의 전야제가 열리고 나는 밖에 있는 나무에 묶여 있었소."

이 대목에서 웰스가 이를 꽉 물었다.

"인디언 여자들과 아이들이 나를 불붙은 막대기로 찌르고 때렸어요. 홍인종들은 옆에서 웃으며 몸을 흔들어 대고. 하지만 나는 그들의 즐거움에 재를 뿌렸소. 그날 밤에 나는, 온 몸에 화상을 입은 상태로 총도 없이 그들의 소굴을 탈출해 숲을 향해 달렸소. 개는 나를 떠나지 않았으며 이번에도 함께 달아났지요. 인디언들이 내 바로 뒤에 있었소. 만일 내가 운 좋게 백인 사냥꾼 무리를 만나지 않았다면 결국 그들에게 다시 잡혔을 거요. 인디언들은 백인들을 보고 물러났소. 그러나 난 내게 잔인하게 군 추장의 머리 가죽을 벗길 때까지는 결코 곰을 잡지 않겠다고 맹세했소. 백인 사냥꾼들은 내게 무슨 일이 있었는지 알고는 − 하긴 내가 직접 말하는 것보다 내 피부를 보면 내가 겪은 일을 더 잘 알 수 있었지요. − 내게 옷과 총칼을 주었소. 바로 그날 밤 나는 백인 사냥꾼들과 함께 인디언들을 공격했지요.

우리가 그 개자식들을 몇 놈이나 죽였는지는 나도 몰라요. 하지만 그 속에 추장은 없었어요. 나는 집으로 돌아갈 수가 없었어요. 먼저 맹세했던 일을 해야만 했지요. 사냥꾼들은 계속 이동했어요. 나는 몸부터 회복시키려고 50마일쯤 떨어진 마을로 갔어요. 그 후 나는 3년 동안 황야를 돌아다녔지만 불행히도 그 인디언들을 찾아내지 못했어요. 곰들은 3년 동안 나를 무서워하지 않고 편안히 지

냈지요. 흑곰 한 마리가 사정거리에 들어왔을 때마다 다시 내가 맹세했던 말을 생각했어요. 내가 참고 견딘 이야기, 무슨 위험을 극복했는지 다 얘기하려면 겨울 내내 걸릴 거요. 그러나 나는 포기하지 않았으며 드디어 5개월쯤 전에 인디언 추장이 내 총 앞에 나타났어요."

흥미진진하게 이야기를 듣던 몰러가 외쳤다.

"그 자를 죽였겠네요?"

웰스는 아무 말도 않고 자신의 사냥복을 걷어 올렸다. 여자가 칼 옆의 검고 흉측한 머리 가죽을 알아보고는 깜짝 놀라 손으로 눈을 가렸다.

"그 때문에 그렇게 오랫동안 처자식을 홀로 남겨 놓았다고?"

여자가 울부짖었다.

"내가 그였다면 나 역시 그렇게 했을 거요."

몰러가 무뚝뚝하게 말했다.

"붉은 개자식 잘 뒈졌다. 표범이나 늑대도 하지 않을 짓을 사람에게 하다니. 그놈들과 묵은 빚이 있으니 나도 싸워야겠군."

웰스가 접시를 밀치고 식탁에서 일어서며 말했다.

"내가 대신해 줄 수도 있소. 몰러, 이 문제를 깊이 생각해 보았소. 강을 건너오면서 집과 밭도 살펴보았고 또 아이들에게 당신에 대해서도 물어보았소. 농장과 집뿐 아니라 같이 사는 가족까지도 정성껏 돌본 것을 보고 나는 당신이 참된 사람이라는 것을 알게 되었소. 옛날에 판사 앞에서 기쁠 때나 슬플 때나 그녀 옆에 있겠다고 다짐했으면 남자로서 그렇게 했어야 하는데 내가 그렇게 하지 못했다는 것을 절실히 느끼고 있소. 지금 벳시는 당신과 잘 살고 있고 아이들도 당신을 좋아해요. 이곳으로 오는 중에는 이 문제에 대해 다른 생각을 갖고 있었소. 그러나 됐소. 이제 여기는 내가 있을 곳이 아니오. 마을사람들에게 난 죽은 사람이며 당신들도 그렇게 여기길 바라겠소. 그대로 사세요. 그리고 내 대신 벳시와 아이들에게 잘해 주십시오. 떠나는 마당에 무슨 긴 말이 필요하겠소?"

그러고서 그는 얼른 짧게 말을 끊었다.

"안녕, 벳시! 잘 있어, 존! 안녕 지미! 전에 나를 따랐던 것처럼 새아버지 말씀 잘 듣고 바르게 살아라."

그는 개를 불렀다.

"이리 온! 온 길로 다시 돌아가자."

이렇게 말하는 동안 웰스의 얼굴은 차갑고 미동도 없었으며 핏기조차 사라지고 없었다. 몰러는 옆에서 그를 쏘아보고 있었으며 그의 마음을 알았다. 그러나 벳시가 그에게 다가가 그의 가슴에 안겨 '다시는 자기를 떠나지 말라, 아이들을 두고 가지 말아 달라'고 애원하자 몰러는 조용히 그러나 단호히 자리에서 일어나 총을 들고 문으로 걸어갔다. 그리고 사냥꾼을 마주보고 부드럽지만 결연한 어조로 말했다.

"기다리세요, 웰스. 그렇게는 안 돼요. 나도 간밤에 이 문제를 놓고 이리저리 생각해 봤어요. 그리고 굳은 결심을 내렸으며 난 그대로 할 겁니다. 당신이 옛날에 인디언을 두고 맹세했지요. 나도 오늘 맹세를 하고 또 지키려고 합니다."

그러고서 한참을 뜸들이다가 천천히 말을 계속했다. 사람들은 내내 궁금해 하며 그를 지켜보았다. 그의 목소리가 터덕거렸다. 그러나 말하는 동안 그의 얼굴에는 결연하면서도 온화한 기색이 점차 감돌았다.

"이 문제를 이대로 놓아둘 수는 없다는 점은 우리 모두 잘 아는 사실입니다. 나는 지금까지 당신의 벳시와 아이들과 함께 여기서 행복하게 잘 살았습니다. 우리는 그동안 당신이 정말 불행을 당했다고밖에 달리 생각할 수 없었지요. 내 잘못으로 당신이 이곳을 떠났다가 무사히 건강한 모습으로 나타난 것을 보니 내 자신이 원망스럽군요. 나는 어떻게든 할 테니 당신은 앞으로도 이곳을 고향으로 삼으십시오."

"몰러, 무슨 말씀이오."

웰스가 그의 말을 끊었다.

그러나 몰러가 단호하게 말했다.

"내가 끝까지 말하도록 놔두세요. 웰스, 농장과 벳시에 대해서는 당신이 최우선으로 주장할 수 있어요. 아주 오랫동안 떨어져 있었던 것이 옳은 일이었는지는 당신의 양심과 아내에게 물어보세요. 하지만 나는 더 이상 당신들 사이에서 걸리적거리고 싶지도, 당신을 다시 바깥세상으로 보내고 싶지도 않아요. 아이들이 나중에 어른이 되어서 나에 대해 어떻게 생각하겠어요? 잘 살아요, 잘 있어요. 벳시!"

이렇게 말하며 그는 여자의 손을 다정하게 잡았다. 언뜻 꿋꿋하던 사나이의 눈에 눈물이 비치는 듯했다.

"짧은 시간이었지만 당신 덕분에 여기서 행복한 시간을 보냈소. 진심으로 고마워요."

그러고서 아이들을 보며 말을 계속했다.

"얘들아, 잘 있어! 착한 사람이 되고 어머니를 기쁘게 해드려. 안녕히 계세요, 웰스. 아무 말도 마세요. 날 붙잡아도 소용없어요. 그럼, 신의 가호를!"

그리고 몰러는 문 옆의 도끼를 집어 들고, 어깨 위에 총을 걸친 채 재빨리 돌아서서 집을 떠났다. 그는 좁은 뜰을 건너자 말에 올라 개를 불렀다. 그리고 잠시 후 큰 길을 내달렸다.

몰러는 고개를 돌리지도 뒤돌아보지도 않았다. 벳시가 문에 서 있었지만 오래도록 눈물에 가려 그를 볼 수 없었다. 그 틈에 몰러는 촘촘한 나무들 뒤로 사라져 버렸다.

몰러가 집을 떠나자 웰스는 그 자리에서 꼼짝 않고 서 있었다. 그의 눈은 울고 있는 여자에게 고정한 채 말없이 생각에 잠겼다. 그러다 총을 집어 옛날 자리에 놓고 그 옆에 실탄주머니를 건 다음 왼쪽 모카신을 벗고 난롯가에 앉아 가죽을 말렸다. 과거 일은 한마디도 끄집어내지 않았다. 예전에 며칠씩 농장을 떠났다가 돌아와서 모든 것을 다시 확인했었는데 이제 다시 평소대로 익숙한 일에 열중했다. 그가 텍사스로 돌아갔다면 이렇게 정리하는 습관도 따라갔을 것이다.

마을에서는 14일 동안 웰스가 다시 나타나고 몰러가 사라진 이야기만 했다. 심지어 웰스가 그를 쏘아죽여 집 뒤에 있는 정원에 묻어 버렸다는 소문이 나왔지만 그날 아침 몰러가 말을 타고 떠날 때 그와 마주친 마을사람들이 나타나 그가 살아 있다고 밝혔다. 웰스는 그 일에 대해서 아무에게도 말하지 않았으며, 설령 누가 묻는다고 하더라도 대답 따위는 하지 않았을 것이다.

한해가 지나 이웃 중 한 사람이 그에게 와 텍사스로 이주하고 싶다고 말하고 웰스의 의견을 물었다. 이에 대해 웰스는 딱 한 마디만 했다.

"지옥에나 떨어져라, 텍사스!"